# Lettres fatales

M.C. BEATON

# HAMISH MACBETH
# DANS
# Lettres fatales

*Traduit de l'anglais (Grande-Bretagne)*
*par Sabine Porte*

ALBIN MICHEL

*Édition originale parue sous le titre :*
DEATH OF A POISON PEN

*Pour mon mari,*
*Harry Scott Gibbons, et mon fils,*
*Charles David Bravos Gibbons,*
*avec tout mon amour.*

# I

> « Je ne suis pas une femme jalouse, mais je ne vois pas ce qu'il lui trouve, je ne vois pas ce qu'il lui trouve, je ne vois pas ce qu'il lui trouve ! »
>
> Sir Alan Patrick Herbert

Jenny Ogilvie était blottie dans le canapé de l'appartement londonien de son amie Priscilla Halburton-Smythe. Elles avaient passé presque toute la soirée à discuter. Jenny était secrètement jalouse du physique de blonde sophistiquée de Priscilla. Avec ses boucles brunes en cascade et ses pommettes saillantes, elle était pourtant séduisante, mais elle enviait l'élégance olympienne de son amie.

Prise d'une soudaine envie d'ébranler le calme de Priscilla, elle lui dit :

– Tu n'arrêtes pas de parler du policier de ton bled, Hamish Macbeth. C'est vrai, quoi, tu n'as quasiment pas dit un mot sur ton fiancé. Qu'est-ce qui se passe ? J'ai l'impression que tu es encore amoureuse de ce flic.

Le visage de Priscilla rosit très légèrement.

– On a été fiancés à une époque et on a vécu pas mal de choses ensemble. C'est tout. Et toi, tes amours ? Il n'y a que moi qui parle.

– Oh, tu me connais. J'aime explorer le marché, dit Jenny. Je ne suis pas prête à me caser.

– Et Giles ? Tu avais l'air folle amoureuse de lui.

– Au bout d'un moment, je m'en suis lassée, mentit Jenny qui ne tenait pas à ce que Priscilla apprenne que Giles avait rompu dès qu'elle avait parlé mariage.

– Tu finiras bien par trouver. Ne t'en fais pas, dit Priscilla avec toute l'assurance sereine d'une future mariée.

Jenny rentra chez elle, jalouse et de méchante humeur. Dommage que le policier de Priscilla vive dans un village reculé des Highlands, se dit-elle. Autrement, elle aurait bien essayé de lui mettre le grappin dessus. Ça devait être un type fabuleux pour que Priscilla soit à ce point obsédée par lui. Elle prit dans sa bibliothèque un atlas des îles Britanniques. Priscilla lui avait dit que ce village était où, déjà ? Comment s'appelait-il ? Lochdoo ou un nom de ce genre. Elle passa l'index en revue. Il y avait un Lochdubh. Ça devait être ça. Ça se prononçait peut-être comme « skeandhu », le poignard que portent les Highlanders en tenue de cérémonie. Elle chercha dans le dictionnaire. On disait skeandou. Et ça s'épelait également « skeandubh ». Conclusion, il y avait de fortes chances que ce soit Lochdubh. Les parents de Priscilla étaient propriétaires du Tommel Castle Hotel. Par précaution, elle appela les renseignements, obtint le numéro du Tommel Castle Hotel et demanda où se trouvait exactement Lochdubh. Bingo ! Elle raccrocha.

Elle reposa l'atlas et s'assit en tailleur par terre. Elle avait des congés à prendre. Et si – simple supposition – elle allait dans ce village pour séduire ce policier ? Elle en penserait quoi, Priscilla ?

Priscilla serait verte, se dit-elle en souriant. Elle demanderait un congé dès le lendemain.

Le lendemain matin, à Lochdubh, l'objet des manigances de Jenny se promenait le long du quai avec son chien Lugs. L'agent Hamish Macbeth était préoccupé par une sale affaire. La ville voisine de Braikie était frappée par une épidémie de lettres anonymes. Au début, les gens les avaient ignorées, car certaines contenaient des accusations si étranges, si extravagantes, si mensongères qu'ils ne les avaient pas prises au sérieux. Mais comme elles continuaient à arriver, les esprits commençaient à s'échauffer.

Mrs Dunne l'interpella. C'était une petite dame tatillonne, l'air toujours soucieux et fatigué, qui tenait le Sea View, un Bed and Breakfast donnant sur le loch.

– Bonjour, dit Mrs Dunne. C'est terrible, ces lettres malveillantes.

– Vous n'en avez pas reçu, au moins ? demanda Hamish.

– Non, mais je viens d'apprendre que Mrs Wellington en a reçu une ce matin.

– Il vaut mieux que j'aille la voir. Les affaires marchent bien ?

– L'été n'a pas été trop mauvais, mais maintenant que c'est l'automne, il n'y a plus de réservations. J'ai juste deux habitués, des ouvriers forestiers. Cela étant, une petite demoiselle de Londres va venir pour deux semaines. Elle a appelé ce matin.

Hamish toucha sa casquette et s'éloigna en direction du presbytère, car Mrs Wellington, une dame corpulente et fort convenable sanglée dans des ensembles en tweed, était la femme du pasteur.

Mrs Wellington était en train de désherber son jardin. En apercevant Hamish, elle se redressa.

– J'ai appris que vous aviez reçu une de ces lettres, lui lança Hamish en la fixant d'un œil perçant pour détourner son attention de Lugs qui urinait au pied de ses rosiers de concours. Pourquoi vous n'avez pas téléphoné au poste ?

Elle parut troublée.

– Ce n'étaient que d'absurdes médisances. Je l'ai jetée au feu.

– Je dois rassembler le maximum de preuves, répondit sévèrement Hamish. Il faut que vous me disiez ce qu'il y avait dans cette lettre. Qui plus est, je ne vous ai jamais vue faire un feu avant la fin octobre.

Mrs Wellington capitula.

– Bon, bon, d'accord. Je vais la chercher. Attendez-moi. Et éloignez votre chien de mes fleurs.

Hamish attendit en se demandant ce qu'il pouvait y avoir de si grave pour que l'épouse du pasteur d'ordinaire si intègre se soit crue obligée de lui mentir.

Mrs Wellington revint et lui tendit la lettre. L'enveloppe portait son nom et son adresse rédigés dans une écriture qu'il reconnaissait pour l'avoir vue sur les autres missives qu'il conservait dans un dossier au poste de police. Il l'ouvrit, en sortit une feuille de papier à lettres bon marché et la lut. Puis il éclata de rire. Le corbeau accusait Mrs Wellington de commettre l'adultère avec le policier de Lochdubh – Hamish Macbeth.

Puis il se ressaisit et s'essuya les yeux.

– C'est complètement idiot, dit-il. Pourquoi vous ne vouliez pas me la montrer ?

– Je connais votre réputation de séducteur, Hamish Macbeth, et je craignais que cette lettre ne vous donne des idées.

Hamish perdit sa bonne humeur, et une lueur narquoise pétilla dans ses yeux noisette.

– J'ai une trentaine d'années et vous la cinquantaine, c'est ça ? Vous n'avez pas l'impression d'être un brin vaniteuse ?

Elle devint cramoisie.

– L'amour n'a pas d'âge, vous savez. Je l'ai lu dans *Cosmopolitan* – chez le dentiste. La semaine dernière, je suis allée au cinéma avec mon mari ; et le jeune homme assis à côté de moi a mis la main sur mon genou !

– Pas possible, dit Hamish. Et qu'est-ce qui s'est passé quand les lumières se sont rallumées ?

– Il était déjà parti, répondit sèchement Mrs Wellington, ne voulant pas avouer à ce policier moqueur qu'à la faveur d'une scène plus lumineuse, il s'était penché en avant pour la regarder et qu'il avait pris ses jambes à son cou.

– Sachez que je ne suis pas un séducteur, poursuivit Hamish.

– Ah non ? Vous avez rompu les fiançailles avec cette pauvre Priscilla, et depuis, on ne compte plus vos frasques.

– J'emporte la lettre, dit Hamish, soudain las. Mais rassurez-vous, je n'ai aucune vue sur vous et ça ne risque pas d'arriver !

De retour au poste de police, il ajouta le courrier au dossier. On frappa à la porte de la cuisine. Il alla ouvrir et tomba sur Elspeth Grant, la journaliste locale et astrologue du *Highland Times*. Elle arborait son assortiment de fripes habituel : vieux pull informe, longue jupe indienne en coton et grosses bottines.

– Qu'est-ce qui vous amène ? demanda Hamish. Ça fait un moment que je ne vous avais pas vue.

– J'apprends le métier au petit nouveau.

– Pat Mallone, dit Hamish. Le charmant Irlandais.

– Exact. Et c'est vrai qu'il est charmant. Je peux entrer ?

– Bien sûr.

Il s'effaça pour la laisser passer. Elspeth s'assit à la table de la cuisine. Le temps était humide et des gouttelettes étaient accrochées comme de petites perles à ses cheveux frisés. Ses grands yeux gris de bohémienne le dévisageaient avec curiosité. Il éprouva une pointe de regret. À une époque, Elspeth avait manifesté son attirance, lui l'avait alors rejetée. Et quand il avait changé d'avis, elle ne s'intéressait plus à lui.

– Alors, commença Elspeth. Il paraît que Mrs Wellington a reçu une lettre, elle aussi.

– Comment vous savez ça ?

– Elle l'a dit à Nessie Currie qui l'a raconté à tout le monde à l'épicerie Patel. Je me demande ce qu'elle pouvait bien contenir.

– Ça ne vous regarde pas.

– Compris. Qu'est-ce que vous comptez faire, pour ces lettres ? Elles sont bizarres et les accusations sont totalement farfelues, mais un de ces jours, il y en aura une qui finira par viser juste et il y aura un mort. Vous n'avez pas demandé l'expertise d'un graphologue ?

– Si, j'ai bien demandé au central, mais c'est toujours pareil. Les graphologues coûtent cher. Et nous sommes sous le coup des restrictions budgétaires. C'est une tempête dans un verre d'eau et elle se calmera bientôt, voilà ce qu'on m'a dit, soupira-t-il – comme toujours, quand il était impatient ou contrarié, son accent chuintant des Highlands était plus prononcé. Alors, je me contente de collecter les lettres venimeuses en me tournant les pouces.

– Je sais ce que vous pourriez faire, je vous le dis si vous me faites un thé.

Hamish posa la bouilloire sur le poêle à bois et sortit deux mugs du placard de la cuisine.

– Allez-y.

– Voilà. Il y a toujours quelqu'un qui sait quelque chose. Pourquoi ne pas organiser une réunion d'urgence au foyer communal de Braikie pour demander aux gens de vous aider ? Je pourrais faire imprimer des avis au journal qu'on collerait dans les magasins et sur les lampadaires. Il y a bien quelqu'un qui sait quelque chose, j'en suis sûre. Allez, Hamish. Je le sens, la mort ne va pas tarder à frapper.

Hamish la fixa, mal à l'aise. Il connaissait les pouvoirs psychiques d'Elspeth et savait par expérience qu'ils étaient parfois troublants.

– D'accord, dit-il. Ça marche. Voyons voir. On est lundi. On fera ça samedi soir.

– Non, à l'heure du déjeuner plutôt, à treize heures. Il y a une grande soirée bingo samedi.

– OK. C'est vous qui voyez.

Hamish servit le thé.

– À votre avis, quel genre de personne se cache derrière ces lettres ? demanda-t-il.

– Quelqu'un qui vit seul. Sans famille. Peut-être un retraité qui était en position de pouvoir, autrefois. Probablement une femme.

– Il y a un paquet de veuves et de vieilles filles à Braikie.

– Ça ne fait rien. Espérons que la réunion nous donnera une piste.

Après le départ d'Elspeth, il s'aperçut qu'elle lui avait laissé un exemplaire du *Highland Times*. Curieux, il alla directement à la rubrique astrologique et regarda l'horoscope des Balance. Il lut : « Amour en perspective, mais c'est un amour dont vous ne voudrez pas. Mercredi, vous aurez des maux de tête. Vous ne travaillez pas assez. Vous êtes foncièrement paresseux, mais n'oubliez pas que les erreurs dues à la paresse peuvent être fatales. »

Hamish fourragea dans sa tignasse flamboyante. Mais qu'est-ce que c'était que ces foutaises ?

Le samedi matin, Jenny Ogilvie regardait par la vitre du bus qui l'emmenait vers le nord avec le sentiment d'abandonner la civilisation derrière elle. Elle avait pris l'avion jusqu'à Inverness puis le bus pour Lochinver. On lui avait dit que le bus pour Lochdubh serait déjà parti quand elle arriverait à Lochinver, mais qu'elle trouverait un taxi sur place pour faire le reste du trajet. De part et d'autre de la route s'étendaient des landes et des montagnes. Des cascades dévalaient des pentes escarpées. Des cerfs perchés sur les hauteurs semblaient poser pour le peintre Landseer tandis que le bus enchaînait les lacets en freinant brutalement de temps à autre pour éviter un mouton suicidaire.

Elle avait décidé de prendre une chambre dans un Bed and Breakfast de Lochdubh au lieu de séjourner au Tommel Castle Hotel, craignant que Priscilla n'apprenne sa venue par ses parents. Le bus finit laborieusement par arriver à Lochinver et se gara le long du quai. Il faisait beau et le soleil scintillait sur l'eau.

Courbatue, Jenny descendit du bus et récupéra ses bagages. Elle sortit son portable pour appeler un taxi de Lochdubh. Il valait mieux que quelqu'un de Lochdubh vienne la chercher plutôt que de prendre un taxi de Lochinver.

À l'autre bout du fil, un homme avec un charmant accent des Highlands lui annonça qu'il serait là dans trois quarts d'heure et qu'elle n'avait qu'à l'attendre au café du quai.

Jenny alla au bistrot et commanda un café, s'efforçant de ne pas regarder la vitrine alléchante de gâteaux faits maison. Priscilla avait bien de la chance, songea-t-elle avec amertume. Son amie pouvait manger tout ce qu'elle voulait sans jamais prendre un gramme, alors qu'elle, il lui suffisait de regarder des desserts pour prendre un tour de taille.

Jenny était la seule cliente du café. Elle vit un gros cendrier en verre sur la table. Depuis quelque temps, elle essayait de réduire sa consommation de cigarettes, mais elle n'avait pas pu en fumer une seule de toute la journée. Elle en alluma une et la tête lui tourna aussitôt, mais après deux autres, elle se sentit mieux. Le soleil disparaissait déjà et l'eau était presque noire quand un homme passa la tête par la porte.

– Miss Ogilvie ?

Jenny se leva et montra ses bagages.

– Le taxi est garé devant, dit-il. Je vous aurais bien aidée à porter vos bagages, mais j'ai le dos en compote.

Jenny transbahuta ses deux grosses valises dehors et regarda avec consternation ledit « taxi ». C'était un minibus peint à l'avant en rouge vif, et le reste en jaune canari, car son propriétaire, Iain Chisholm, s'était trouvé à court de peinture. À l'intérieur, les sièges étaient recouverts de chintz à fleurs de toutes les couleurs et garnis de volants.

Jenny mit ses bagages à l'arrière, puis décida de s'asseoir devant avec Iain pour essayer de lui soutirer des informations.

Le moteur démarra en toussant et en crachotant puis le minibus quitta Lochinver pour longer la côte du Sutherland en direction de Lochdubh.

– J'arrive de Londres, fit Jenny.

– Pas possible, dit Iain en négociant un virage en épingle à cheveux.

Jenny jeta nerveusement un coup d'œil au bas d'une falaise, où les eaux de l'Atlantique tourbillonnaient contre des rochers déchiquetés.

– C'est comment, Lochdubh ? demanda Jenny.

– Il n'y a pas mieux. C'est tout ce qu'il y a de plus tranquille.

– Pas de délinquance ?

– Pas grand-chose. Quoique, c'est un peu angoissant en ce moment. On a une saleté de corbeau qui sévit dans le coin.

– Ça fait peur. Vous avez un policier ?

– Oui. Hamish Macbeth.

– Il est comment ?

– Un chic type. Il a résolu pas mal d'affaires.

– Qu'est-ce qu'un bon flic peut bien faire dans un trou pareil ?

– Il s'y plaît et moi aussi, rétorqua sèchement Iain.

Jenny avait une folle envie de lui demander à quoi ressemblait Hamish, mais elle ne voulait pas se montrer trop curieuse. Pour attirer une fille comme Priscilla, il devait être canon. C'était sans doute un grand Highlander brun avec un visage buriné et des yeux verts translucides. Quand il n'était pas en uniforme, il était probablement en kilt et jouait de la cornemuse. Plongée dans ses rêveries, Jenny s'accrochait à la portière du vieux minibus qui fonçait vers Lochdubh.

Le même jour, au foyer communal, Hamish s'adressa aux habitants de Braikie.

– Certains d'entre vous doivent savoir quelque chose – avoir une petite idée de qui se cache derrière ces lettres anonymes, dit-il. Surtout, ne tirez pas de conclusions hâtives, s'empressa-t-il d'ajouter en s'apercevant que certains lançaient des regards noirs dans la salle. Une fois rentrés chez vous, il se peut qu'en réfléchissant bien, vous vous souveniez avoir vu quelqu'un poster ce type de courriers – il brandit une enveloppe. Et au cas où l'auteur de ces lettres se trouverait parmi nous, je vous préviens que lorsque vous serez arrêté, et vous le serez, croyez-moi, vous encourrez la prison. Je vais faire appel à un graphologue…

– C'est pas trop tôt ! protesta une voix devant. Vous auriez dû le faire depuis longtemps.

– On m'en a refusé un en raison des restrictions budgétaires dans la police, rétorqua Hamish. En sortant, vous trouverez sur la table une pétition demandant que l'on fasse appel aux services d'un graphologue du commissariat central. J'ai besoin de vos signatures à tous.

Hamish était légèrement agacé de voir au premier rang Elspeth accompagnée de Pat Mallone, le petit nouveau. Un seul journaliste suffisait amplement à couvrir l'événement. Elle était vraiment obligée de l'emmener partout avec elle ? Il lui chuchotait à l'oreille et elle pouffait comme une collégienne.

– C'est une affaire grave, poursuivit-il en haussant le ton. Et la presse locale également ferait bien de la prendre au sérieux.

Elspeth leva les yeux, prit une mine solennelle et fit quelques gribouillis dans son carnet.

– Jusqu'ici, les accusations contenues dans ces lettres sont totalement fantaisistes, mais si jamais le corbeau découvre, par hasard peut-être, un secret, au mieux, cette affaire risque de causer des souffrances et au pire, d'avoir une issue fatale. Signez cette pétition, c'est votre devoir de citoyen.

Les gens se levèrent. Sous le regard de Hamish planté sur l'estrade, ils signèrent un par un la pétition avant de sortir.

Quand la salle se fut vidée, Hamish sauta au bas de la scène et récupéra la pétition. Il l'apporterait le lendemain à Strathbane et verrait bien si elle suffisait à convaincre ses supérieurs de lui adjoindre un graphologue.

Le taxi déposa Jenny Ogilvie devant le Sea View. Elle trimbala ses valises jusqu'à la porte, sonna et attendit. Le village était silencieux et le ciel incroyablement étoilé. Un vent frais soufflait du loch. Elle frissonna et appuya de nouveau sur la sonnette. Au bout d'un moment, elle entendit des pas approcher derrière la porte.

– Qui est-ce ? demanda une voix.

– C'est moi. Jenny Ogilvie, de Londres.

Les grommellements qu'elle entendit lui firent

irrésistiblement penser à Diabolo, le chien du dessin animé. Puis la porte s'ouvrit.

– C'est à cette heure-ci que vous arrivez ? pesta Mrs Dunne.

– J'arrive de Londres, le voyage a été long, répondit froidement Jenny. Et si c'est ainsi que vous accueillez les visiteurs, je ferais peut-être mieux d'aller à l'hôtel.

Dans le flot de lumière qui se déversait par la porte, Mrs Dunne avait eu l'impression d'avoir une petite fille face à elle. Mais en entendant le ton sec et autoritaire de Jenny, elle s'empressa de dire :

– Entrez, mon petit. Excusez-moi, on se couche tôt, par ici. Je vais vous montrer votre chambre. Normalement, je ne propose que le petit déjeuner, mais si vous avez faim, je peux vous trouver quelque chose à manger.

– Juste un sandwich et un café, ça ira, répondit Jenny.

– Très bien. Prenez votre valise et suivez-moi.

De toute évidence, c'était un monde où on portait ses bagages soi-même, songea Jenny en gravissant péniblement l'escalier en bois derrière Mrs Dunne.

L'hôte ouvrit une porte.

– Voilà votre chambre. Comme c'est plutôt calme, à cette époque de l'année, je vous ai donné la plus belle.

Jenny jeta un regard morose autour d'elle en se demandant à quoi pouvaient donc ressembler les autres. La pièce était éclairée par une suspension en verre blanc et rose équipée d'une ampoule qui ne devait pas dépasser les quarante watts. Un lit étroit garni d'un édredon satiné était collé contre un mur. Un rideau que Mrs Dunne écarta d'un geste de magicien camouflait un placard dans lequel elle pouvait suspendre ses vêtements. D'un côté de la pièce, se trouvait un lavabo d'époque victorienne avec un miroir rose accroché au-dessus ; et de l'autre, un bureau assorti d'une austère chaise droite. Devant la cheminée remplie de papier crépon orange en forme d'éventail était placé un petit radiateur. Le sol était recouvert d'un lino vert brillant, sur lequel étaient posés deux îlots de tapis ronds.

– Pour allumer le chauffage, mettez cinquante pence dans le compteur, expliqua Mrs Dunne. Le petit déjeuner est servi de sept heures à neuf heures, pas plus tard. Il faut quitter la chambre avant dix heures pour que je puisse la faire car je n'aime pas avoir quelqu'un dans les pattes. S'il pleut, vous pouvez vous installer en bas au salon. Nous avons la télé couleur. Bien, je vous montre la salle de bain.

Jenny la suivit tout au bout du couloir jusqu'à la salle de bain où trônait une énorme baignoire victorienne. Elle était surmontée d'un chauffe-eau cylindrique.

– Si vous voulez prendre un bain, mettez cinquante pence dans le compteur qui est au-dessus de la porte, tournez le levier vers la droite et allumez le chauffe-eau.

– Vous voulez dire que je n'ai pas ma propre salle de bain ? demanda Jenny.

– Non, mais il n'y a que deux forestiers, ils partent de bonne heure et ne l'utilisent pas beaucoup.

Jenny réprima un frisson.

– Et pour la lessive ?

– Comment ça ? Vous ne pouvez pas laver vos dessous dans le lavabo ?

– Non, je préfère me servir d'un lave-linge séchant.

Mrs Dunne soupira.

– Bon, vous pouvez utiliser la machine à laver de la cuisine, mais seulement si je n'en ai pas besoin. Elle ne sèche pas, mais vous trouverez une corde à linge dans le jardin. Défaites vos bagages et venez manger quelque chose.

Jenny retourna dans sa chambre, épuisée et démoralisée. Il ne restait plus qu'à espérer que ce policier valait la peine de souffrir ainsi. Elle ouvrit une valise et en sortit une nuisette diaphane et un déshabillé en soie qu'elle posa sur le lit. Puis elle commença à suspendre des affaires et ranger ses sous-vêtements dans les tiroirs.

Quand Mrs Dunne l'appela, elle descendit à contrecœur.

– Je vous ai préparé un plateau dans le salon, dit-elle. Quand vous aurez fini, rapportez-le à la cuisine – c'est au fond du couloir – et n'oubliez pas d'éteindre toutes les lumières. Bonne nuit.

– Bonne nuit, répondit Jenny.

Le salon était une pièce à l'air inconfortable meublée d'un canapé et de deux fauteuils criards qui juraient avec la moquette orange et jaune canari. Au-dessus de la cheminée sans feu était accrochée une croûte censée représenter le *Cerf aux abois* d'Edwin Landseer qu'un peintre du dimanche s'était essayé à copier. La télévision était à pièces. Sur la table basse était posé un plateau avec une assiette de sandwichs au jambon, deux cupcakes et du thé. Les sandwichs au jambon se révélèrent délicieux et le thé était chaud et parfumé. Un peu réconfortée, Jenny termina son dîner et rapporta le plateau à la cuisine. Puis elle regagna sa chambre en éteignant toutes les lumières derrière elle.

Il faisait très froid. À Londres, c'était l'été indien. Elle ne s'attendait pas à des températures aussi glaciales. Elle chercha une pièce de cinquante pence dans son portefeuille mais en vain. Elle décida d'attendre le lendemain pour prendre un bain et se contenta de se laver le visage et les mains. Grelottant dans sa petite nuisette, elle se glissa dans le lit. Il y avait deux bouillottes et les draps sentaient légèrement le savon au pin. Le lit était incroyablement moelleux et confortable. Jenny qui avait d'ordinaire des nuits agitées sombra profondément dans un sommeil sans rêve.

Le lendemain matin, Hamish se rendit à Strathbane en compagnie de Lugs installé sur le siège passager de la Land Rover de la police, avec à l'arrière, la pétition rangée dans une mallette.

Devant lui, un héron au vol lent et gracieux traversa la route. L'air était imprégné d'odeurs de pin, de feu de bois et de serpolet.

Mais lorsque la Land Rover arriva en haut d'une crête, il eut le cœur serré en découvrant en contrebas Strathbane, *The City of Dreadful Night* – la cité de la nuit terrible que dépeignait le poète James Thomson. La ville avait été un port de pêche florissant, mais les réglementations de l'Union européenne et la diminution des ressources de poisson avaient acculé les pêcheurs à la ruine. Des tours staliniennes se dressaient dans le ciel, véritables monuments à la gloire de la faillite et du désastre architectural.

Heureusement, c'était dimanche. Son pire cauchemar, l'inspecteur-chef Blair, ne travaillait quasiment jamais le dimanche. Hamish savait que Blair s'opposerait par pure malveillance à toute proposition venant de lui. Et chance supplémentaire, il tomba à l'accueil sur le commissaire Daviot.

– Qu'est-ce qui vous amène, Hamish ? demanda Daviot.

Il l'avait appelé par son prénom, c'était de bon augure. Hamish lui tendit la pétition et expliqua qu'il avait besoin d'un graphologue.

– Le budget est déjà grevé, dit Daviot. Vous ne pensez pas que ça va se calmer tout seul ?

– Non, dit Hamish.

– Non quoi ?

– Je ne pense pas que ça va se calmer, commissaire. Ça fait un moment que ça dure. Pour l'instant, les accusations sont farfelues, mais si nous ne retrouvons pas rapidement le corbeau, je crains qu'il ne finisse par percer un secret que quelqu'un veut taire à tout prix. Braikie est une ville de bigots. Les gens se piquent de respectabilité. Une de ces lettres pourrait conduire quelqu'un au suicide.

Daviot considéra le grand escogriffe aux cheveux roux flamboyants. Il savait que dans les affaires criminelles, Hamish Macbeth était capable de faire preuve d'une intuition remarquable.

– Faites-moi un rapport et transmettez-le avec la pétition à Helen.

– Merci, commissaire.

Hamish se rendit dans la salle des enquêteurs où l'inspecteur Jimmy Anderson était assis les pieds sur son bureau.

– Je pensais justement aller boire un verre, dit-il en voyant son collègue de Lochdubh.

– Un instant, dit Hamish. J'ai un rapport à taper pour Daviot.

– Pour le patron ? C'est si important que ça ?

Hamish lui expliqua de quoi il retournait en allumant l'ordinateur.

– Ça n'a rien de fracassant, mon vieux. Vous savez quoi, je vous attends au Wee Man's. Rejoignez-moi quand vous aurez fini.

Personne ne se rappelait pourquoi le pub d'à

côté, le Fraser Arms était surnommé le Wee Man's – le petit homme.

Jimmy s'en alla. Hamish tapa rapidement son rapport et se dépêcha de monter dans le bureau d'Helen, la secrétaire de Daviot, qui lui lança un regard acerbe.

– Alors comme ça, on travaille le dimanche, Helen ?

– Si vous avez quelque chose pour Mr Daviot, donnez-le-moi au lieu de me faire perdre mon temps.

Hamish la regarda affectueusement.

– Vous savez quoi, Helen ? Vous êtes franchement moche quand vous êtes en colère.

Puis il se sauva sans lui laisser le temps de répondre.

Au pub, Jimmy eut beau insister, Hamish refusa de boire autre chose que de l'eau minérale. Il se demandait souvent par quel miracle Jimmy n'avait jamais été arrêté pour conduite en état d'ivresse. Il se mit en route, s'arrêtant à la sortie de la ville pour promener Lugs dans la lande. Comme toujours quand il arrivait aux abords de Lochdubh, il se sentait le cœur plus léger malgré la nuit qui tombait. La brume roulait le long des flancs de montagne et le vent se levait à l'ouest, apportant des nuages de pluie semblables à de longs doigts noirs. Le temps frais et sec avait cédé la place à une moiteur venue du Gulf Stream.

Il se gara devant le poste, alla dans la cuisine – et lança un regard noir à Elspeth Grant qui était assise à la table.

– Comment êtes-vous entrée ? demanda-t-il.

– Vous aviez laissé la porte ouverte, dit Elspeth. J'ai pris ça comme une invitation.

– La prochaine fois, attendez que je sois là.

Il faut que je pense à fermer à clé, se dit Hamish. Il avait tellement l'habitude de laisser la porte ouverte quand il allait nourrir ses poules ou jeter un œil à ses moutons qu'il oubliait souvent de la fermer quand il partait sur le terrain.

– Ça s'est passé comment, pour la pétition ?

– Je l'ai donnée à Daviot. Il va voir ce qu'il peut faire.

– Ce sera trop tard, répondit Elspeth en fixant sur lui ses yeux gris.

– Il va essayer de faire vite, je pense.

– Oh, Hamish, vous savez comment c'est, dans l'administration. Ils vont échanger des notes à n'en plus finir et ça va prendre des semaines.

– Attendons de voir.

On frappa à la porte. Hamish alla ouvrir et tomba sur un visage séduisant levé vers lui. Jenny Ogilvie lui tendit une petite main.

– J'aimerais parler à Hamish Macbeth.

– C'est moi.

À sa surprise, il lut une déception fugitive dans ses grands yeux bruns. Ils s'examinèrent mutuellement.

Jenny était en effet déçue. Envolé le Highlander buriné de ses rêves. Elle vit un grand escogriffe rouquin avec des yeux noisette. Hamish, quant à lui, vit une jolie brune avec des cheveux bouclés, de grands yeux et des courbes pulpeuses. Elle portait un tailleur élégant et des talons aiguilles.

– Que puis-je pour vous ? demanda-t-il.

– Je suis en vacances ici, je suis arrivée hier, dit Jenny. Je ne connais pas la région et je me disais que vous pourriez peut-être m'indiquer des endroits à visiter.

– Entrez, dit Hamish.

Il présenta Jenny à Elspeth puis la pria de s'asseoir.

Elles se fixèrent toutes les deux avec la méfiance soupçonneuse des chats.

– Vous voulez boire quelque chose ?

– Volontiers.

– Jenny est en vacances ici et voudrait savoir ce qu'il y a de beau à visiter, dit Hamish en sortant une bouteille de whisky et des verres. Elspeth est notre journaliste locale. Elle va vous aider.

Elspeth fusilla du regard le dos de Hamish.

Réveillé par le bruit des voix, Lugs s'approcha de la table, posa une grosse patte sur Jenny et gratta le long de sa jambe, en filant son collant 10 deniers.

Jenny poussa un cri de frayeur et glissa les jambes sous la table.

– Viens, Lugs, ordonna Elspeth. C'est bien. Assis.

Elle posa ses yeux clairs sur Jenny.

– Si vous voulez faire du tourisme, il vous faut une voiture. Vous en avez une ?

– Non, un taxi est venu me chercher à Lochinver, un certain Iain Chisholm.

– Vous devriez pouvoir lui louer un véhicule et il n'est pas trop cher.

– Merci. J'essaierai demain.

– Les trois quarts des gens qui passent par ici sont des randonneurs, des grimpeurs ou des pêcheurs. Ils viennent pour leurs loisirs. Mais quand on se balade en voiture, les paysages sont magnifiques. Vous séjournez où ?

– Au Sea View.

– C'est juste à côté des bureaux du *Highland Times*. Passez demain matin et je vous donnerai des cartes et des brochures touristiques.

Hamish vint s'asseoir avec elles et servit trois verres de whisky.

– Vous le buvez sec ? demanda Jenny.

– *Aye*, mais je peux vous mettre de l'eau, si vous voulez.

– Non, ça ira, s'empressa de répondre Jenny pour ne pas être en reste avec Elspeth.

Était-ce sa petite amie ? En ce cas, son stratagème était voué à l'échec.

– Qu'est-ce qui vous a décidée à venir dans ce coin reculé du nord ? demanda Hamish.

Son accent des Highlands était doux et chantant. Jenny comprenait un peu mieux la fascination que cet homme exerçait sur son amie Priscilla.

– Je viens de Londres. J'avais juste envie de partir loin.

– Un chagrin d'amour ? demanda Elspeth.

– Non, répliqua sèchement Jenny.

Elspeth finit son whisky et se leva.

– Je dois y aller, annonça-t-elle en se dirigeant vers la porte, puis elle se retourna et lança à Jenny : Bonne chasse, mais vous verrez, la proie ne se laisse pas attraper si facilement.

Jenny devint écarlate.

– Qu'est-ce que vous voulez dire ?

– C'est juste une expression des Highlands, répondit Elspeth avant de sortir en refermant la porte derrière elle.

– Désolée de vous avoir dérangé, avec votre fiancée, dit Jenny.

– C'est juste une amie. Alors, que faites-vous à Londres ?

– Je travaille pour une société informatique.

– Elle s'appelle comment ?

Jenny le regarda, stupéfaite. Elle était en poste dans la même société que Priscilla.

– Je travaille à la City, chez Johnson & Betterson, répondit-elle en inventant un nom.

– Ah. Si vous avez fini votre verre, je vous raccompagne. Lugs doit faire de l'exercice.

Lugs doit surtout être piqué, se dit Jenny en se levant, regardant tristement ses collants fichus.

Hamish ouvrit la porte. Il ne pleuvait pas encore, mais il sentait que ça n'allait pas tarder.

Ils marchèrent le long du quai silencieux.

– J'espère que vous n'allez pas trop vous ennuyer ici, dit Hamish alors qu'ils approchaient du Sea View.

Jenny s'arrêta brusquement, en écarquillant les yeux.

– Qu'est-ce qu'il y a ? demanda Hamish.

Il regarda et vit les jumelles Jessie et Nessie Currie, deux vieilles filles du coin, la femme du pasteur et Mrs Dunne, alignées côte à côte devant le portail du Bed and Breakfast. Mrs Dunne brandissait un string en soie noire qui devait appartenir à Jenny.

– Mais qu'est-ce que ça peut bien être ? demandait-elle.

Hamish allongea le bras et le lui arracha des mains.

– C'est pour faire une catapulte au neveu de Miss Ogilvie. Vous ne devriez pas fouiller dans ses affaires.

– Je n'ai pas fouillé, protesta Mrs Dunne en se tournant vers Jenny qui était plantée là, à espérer qu'un séisme frappe Lochdubh et les ensevelisse tous.

– C'était par terre dans votre chambre. Je l'ai trouvé en faisant le ménage. Je ne savais pas ce que c'était et j'ai pensé que ça avait peut-être été laissé par le pensionnaire d'avant.

Hamish tendit le string à Jenny. Elle le fourra

dans son sac, passa dignement devant ces dames et monta dans sa chambre. Elle s'assit lourdement au bord du lit et mit la tête entre les mains. Ce voyage était une grave erreur.

Hamish retourna au poste de police en souriant intérieurement.

À en juger par les cordes à linge de Lochdubh, les habitantes portaient habituellement de longues culottes en coton avec des élastiques au genou.

Quand il entra dans le poste, le téléphone du bureau sonnait. Il se précipita pour répondre.

C'était Elspeth.

– Foncez à Braikie, dit-elle. C'est Miss Beattie, la receveuse des postes, on l'a retrouvée pendue. Et il y avait une lettre anonyme par terre.

# 2

« La vérité à l'état pur est un poison mortel pour certains esprits. »

André Maurois

Hamish fila à Braikie sous la tempête qui se levait. La pluie fouettait le pare-brise et de violentes bourrasques de vent secouaient la Land Rover.

Il maudit ses supérieurs d'être aussi pingres. Il se gara devant la poste. C'était une annexe, qui faisait également épicerie. Il savait que Miss Beattie habitait dans un appartement au-dessus. Une petite dame toute frêle se tenait recroquevillée dans l'embrasure d'une porte.

– Vous êtes bien Mrs Harris ? C'est vous qui avez trouvé le corps ? demanda Hamish.

– *Aye*, et c'est horrible à voir.

– Qu'est-ce qui vous a pris de prévenir le *Highland Times* au lieu de la police ?

– Je ne suis pas arrivée à vous joindre, je suis tombée sur le répondeur, geignit-elle.

Hamish entendit une sirène au lointain. Il avait averti les secours et le commissariat central avant de quitter Lochdubh.

– Montrez-moi où vous l'avez trouvée.

Mrs Harris sortit, le conduisit dans une ruelle au coin de la poste, et poussa une porte, révélant un escalier qui menait à l'appartement de Miss Beattie. Il passa en premier.

– J'espère que vous n'avez touché à rien, lui dit-il par-dessus son épaule.

– J'avais bien trop peur, je n'ai pas pu.

– Comment se fait-il que vous l'ayez trouvée ? Vous avez une clé ?

– Non, mais elle m'avait promis de me donner des gâteaux qu'elle avait faits. Comme ça ne répondait pas, je suis montée et c'est là que je l'ai trouvée. La porte était ouverte.

Quand ils arrivèrent sur le palier, Hamish lui ordonna de rester là. Il poussa la porte et entra. La lumière était allumée et le cadavre de Mrs Beattie pendait au bout d'une corde fixée au plafond par un crochet. Par terre, il y avait une lettre anonyme. Hamish sortit des gants et les enfila. Il lut : « J'ai la preuve que tu es une bâtarde. Ton père n'a jamais épousé ta mère et je vais le dire à tout le monde. »

Il regarda le visage tordu qui se balançait au-dessus de lui. Le vent s'engouffrait par une fenêtre ouverte derrière le cadavre, le faisant tournoyer.

Il entendit des pas lourds dans l'escalier et alla à la rencontre des ambulanciers.

– Malheureusement, vous ne pouvez plus rien faire, dit-il. La police de Strathbane va bientôt arriver. J'espère qu'ils ne vont pas tarder. Je voudrais qu'on décroche cette pauvre femme.

Pendant qu'ils attendaient, il eut l'espoir que Blair estimerait que ce n'était pas à lui de se charger d'un simple suicide. Quand l'équipe de Strathbane fit son entrée, il vit à son grand soulagement qu'elle était dirigée par l'inspecteur Jimmy Anderson.

Le photographe de l'identité judiciaire prit des clichés, puis les ambulanciers décrochèrent le corps. Hamish parcourut la pièce du regard. Il ne vit aucun mot, juste la lettre anonyme par terre.

Le médecin légiste arriva et commença l'examen. Hamish grimaça. Quelque chose le turlupinait. Jimmy Anderson lisait la lettre.

– Bon sang, fit-il. Les Highlands grouillent de salopards et tout le monde s'en fout.

Hamish alla dans la cuisine.

– Mais bon, dit Jimmy dans l'autre pièce, j'imagine que cette pauvre vieille tenait à sa respectabilité plus que tout.

Hamish regarda l'évier. Sur l'égouttoir, il y avait deux tasses avec leurs soucoupes. Et juste en dessous, deux petites flaques d'eau. Il repensa à Miss Amy Beattie telle qu'il l'avait connue. Une femme dynamique et enjouée.

Il retourna dans la pièce et s'adressa au légiste :

– Je ne peux pas croire à un suicide.

Mr Sinclair, le légiste, leva la tête vers lui.

– Pauvre femme. Le suicide ne fait aucun doute.

– Je ne suis pas de cet avis, insista Hamish.

Jimmy se retourna et lui lança un regard noir.

– Enfin, Hamish, dit-il. Qu'est-ce que vous voulez que ce soit ?

– Un meurtre.

– Quoi ?

– Je ne serais pas étonné que vous découvriez qu'elle a été droguée avant d'être pendue, dit Hamish à Mr Sinclair.

– Qu'est-ce qui vous fait dire ça ?

– OK, elle est montée sur une chaise ou sur autre chose, a attaché la corde au crochet et a donné un coup de pied dans le support. En ce cas, il est passé où, cet objet ?

Il alla sur le palier où Mrs Harris se trouvait avec une policière.

– Mrs Harris, vous êtes sûre de n'avoir touché à rien, de n'avoir déplacé aucun meuble ?

– Moi ? *Och*, non. Je vous l'ai dit, j'avais trop peur.

Hamish retourna dans l'appartement.

– Qu'est-ce qui vous fait penser qu'elle a été droguée ? demanda le légiste.

– Juste une intuition, dit Hamish, avec un accent des Highlands que l'émotion faisait ressortir. Sur l'égouttoir, il y a deux tasses qui ont été lavées il y a peu de temps. Je connaissais Miss Beattie. Ce n'était pas le genre à se suicider pour une lettre comme ça.

– La police scientifique sera là demain matin, dit Jimmy. Inutile de compliquer les choses, Hamish.

– Je me trompe peut-être, répondit Hamish, mais mieux vaut être sûr.

Les policiers en service attendirent que le corps ait été évacué et que Jimmy soit reparti à Strathbane avec la lettre. Puis ils posèrent des scellés sur l'appartement et s'en allèrent.

– J'irai à Strathbane demain matin, décida Hamish. Il faut absolument que je voie un graphologue.

Il rentra à Lochdubh sous la tempête qui faisait rage.

Il se rappela qu'il n'avait pas dîné, mais il était harassé et eut seulement le courage de se préparer un sandwich. Il fit cuire du foie pour Lugs, sans saisir ce qu'il y avait d'ironique à faire à manger pour son chien malgré la fatigue, mais pas pour lui-même.

Jenny se tournait et se retournait dans son lit et le vent hurlait en secouant la maison. Elle avait l'impression de se trouver dans une région reculée, sauvage et impitoyable. Dehors, sur le loch, les vagues martelaient les berges de galets, ajoutant au vacarme. Quand elle finit par s'endormir, elle avait pris la décision de quitter Lochdubh le lendemain matin pour retourner à la civilisation.

Mais à son réveil, le soleil pénétrait à flots par une fente entre les rideaux et le vent était tombé. Elle s'extirpa du lit et tira les rideaux. Les vagues venues de l'Atlantique se pourchassaient encore le long du loch, mais à part cela, il n'y avait plus aucune trace de la tempête. Elle ouvrit la fenêtre et se pencha. Il faisait doux, comme si le vent avait balayé la fraîcheur automnale de la veille.

Elle décida de remettre son départ et descendit dans la salle à manger. Le petit déjeuner de Mrs Dunne était suffisamment copieux pour tenir toute une journée. Jenny s'aperçut qu'elle avait une faim de loup et dévora allègrement une assiette d'œufs au bacon, de saucisses et de haggis frits. Comme d'habitude, le thé était délicieux, rien à voir avec le thé à Londres. Ça devait être l'eau, se disait-elle.

– Je suis vraiment désolée pour votre catapulte, dit Mrs Dunne en venant débarrasser son assiette vide. Mais ça montre que vous avez bon cœur de penser à votre neveu.

Jenny rougit et Mrs Dunne lui sourit avec approbation. Cette façon de rougir devant un compliment était un signe de modestie indubitable.

– Quelle tristesse, ce qui s'est passé à Braikie.

– Quoi donc ?

– La pauvre Miss Beattie qui tenait la poste s'est pendue hier soir. Il paraît que c'est parce qu'elle a reçu une de ces lettres anonymes.

– Hamish Macbeth s'en occupe, je suppose.

– *Aye*, il est parti à Strathbane pour convaincre ses chefs de faire appel à un graphologue.

Mrs Dunne sortit d'un air affairé. Jenny se renversa sur sa chaise et alluma une cigarette. Quel soulagement de voir des cendriers partout ! Tandis que les volutes de fumée s'élevaient dans les rayons de soleil, elle se souvint à quel point Priscilla était fière de participer aux enquêtes de Hamish. Ne serait-ce pas délicieux d'agacer l'élégante Priscilla en prenant part à une de ces enquêtes ?

Elle se rappela qu'elle était censée passer chercher des cartes et des brochures touristiques au *Highland Times*. Autant y aller. Elle pourrait regarder sur une carte comment se rendre à Strathbane et peut-être tomber « par hasard » sur Hamish.

Et puis il lui fallait des vêtements pratiques : des chaussures de marche, un pantalon et une parka chaude et imperméable, tout l'équipement indispensable qu'elle n'avait pas apporté avec elle. Cela ne servait à rien d'avoir une garde-robe de vamp dans les Highlands.

Dix minutes plus tard, elle entrait dans les locaux du *Highland Times*. Elspeth et un jeune homme très séduisant examinaient les premières pages du journal.

– Ah, vous voilà, fit Elspeth. Jenny, je vous présente Pat Mallone ; Pat, voici Jenny Ogilvie.

Pat avait des cheveux bruns bouclés comme ceux de Jenny, mais ses yeux étaient d'un bleu éclatant.

– Tout est sur mon bureau, dit Elspeth.

Jenny glissa un sourire charmeur à Pat Mallone, mais il contemplait Elspeth avec des yeux de merlan frit.

Incroyable, songea amèrement Jenny. Elspeth était fagotée comme l'as de pique.

La journaliste lui tendit des cartes et des brochures touristiques.

– Je vais peut-être commencer par aller à Strathbane m'acheter des vêtements chauds et des chaussures de marche, dit Jenny.

– Bonne idée. Vous n'irez pas loin avec ça, répondit Elspeth en regardant les talons aiguilles de Jenny. Je croyais qu'à Londres les femmes avaient adopté les chaussures confortables.

Pas quand elles veulent séduire, rétorqua intérieurement Jenny.

– J'ai oublié d'en prendre, dit-elle. Je suis partie précipitamment. Comment je fais pour aller à Strathbane ?

– C'est facile. À la sortie du village, traversez le pont et passez devant le Tommel Castle Hotel. À un kilomètre et demi environ, vous arriverez à un croisement. D'un côté, ça mène à Lochinver, en longeant la côte. Mais pour Strathbane, il faut prendre à droite, vers l'intérieur des terres.

– Il n'y a pas de panneaux ?

– Aucune idée.

Jenny la remercia et se rendit au garage de Iain Chisholm. Iain était penché sur le moteur d'une vieille Rover. Elle lui tapota l'épaule, il sursauta et se cogna la tête contre le capot en se redressant.

– Vous m'avez fait peur, dit-il. Qu'est-ce que je peux faire pour vous ?

– Je me demandais si vous pouviez me louer une voiture.

– Vous êtes au bon endroit. J'ai exactement ce qu'il vous faut.

– C'est combien ?

– Vingt-cinq livres par semaine.

Jenny s'égaya. C'était incroyablement bon marché.

– Je la prends.

– Attendez dehors, je vais vous la chercher.

Je pourrais finir par me plaire dans ce village, songea-t-elle. Le soleil étincelait à la surface du loch qui se calmait, et seule une légère brise faisait voler ses boucles brunes.

Elle entendit un bruit de moteur. Iain déboucha d'une ruelle à l'angle du garage au volant d'une Reliant Robin, ces voitures à trois roues que certains adorent et la plupart tournent en ridicule.

Elle était peinte en rose vif, non pas avec une peinture pour carrosserie, mais ce qui ressemblait à de l'acrylique mat.

– Vous n'avez rien d'autre ? demanda Jenny alors que Iain se garait et descendait de la voiture.

– Vous ne trouverez pas mieux. Bien sûr, vous pouvez prendre le bus jusqu'à Strathbane pour aller voir les gros loueurs. Ça vous coûtera vingt-cinq livres par jour.

Jenny regarda la voiture d'un air dubitatif.

– Elle marche bien ?

– Du feu de Dieu.

Autant la prendre, pensa Jenny. Elle est ridicule, mais personne ne me connaît, ici.

– D'accord, dit-elle.

Elle sortit son chéquier.

– Vous n'avez pas de liquide ? demanda Iain.

Jenny sortit son portefeuille et en extirpa trois billets de dix. Iain lui rendit un billet de cinq.

Elle le lissa.

– C'est quoi, ce billet ?

– Un billet de cinq livres écossaises, répondit Iain.

– Je ne savais pas que vous aviez votre propre monnaie, s'étonna Jenny comme si elle parlait à un membre d'une étrange tribu indigène.

Iain secoua la tête, visiblement incrédule devant une telle ignorance, et lui tendit les clés de voiture.

– Ça, c'est la clé de contact, et l'autre, c'est pour l'essence. Il faut mettre du super.

Jenny le remercia et monta dans la voiture. Les sièges étaient couverts de housses en chintz, comme le minibus.

– J'ai l'impression d'être un cirque ambulant, marmonna-t-elle en mettant la clé dans le contact.

Le moteur démarra aussitôt mais à en juger par l'aiguille de la jauge, il n'y avait presque plus d'essence. Elle coupa le contact et descendit. Iain sortit du garage.

– Qu'est-ce qui se passe ?

– Il n'y a presque pas d'essence, dit Jenny.

– *Och*. Bon, attendez. Je vais vous en mettre un gallon. Ça devrait suffire jusqu'à la prochaine station-service. Les Robin ne sont pas très gourmandes.

Il retourna dans le garage et en ressortit avec un bidon, lui prit les clés et versa l'essence dans le réservoir.

– Ça fait cinq livres, lui dit-il en lui rendant les clés.

– Quoi ? C'est du vol !

– On ne vous a pas dit que l'essence était chère, par ici ?

– Bon, bon.

Jenny sortit le billet de cinq livres écossaises qu'il lui avait donné et le lui tendit.

Quand elle s'en alla, il lui fit joyeusement signe de la main. L'opiniâtre petite voiture rose franchit imperturbablement les côtes. Jenny passa devant l'entrée du Tommel Castle Hotel, poursuivit jusqu'au croisement et prit la direction de Strathbane. Il fallait reconnaître que le paysage valait le détour. Ces montagnes ! Ce panorama grandiose !

Mais lorsque, au sommet d'une crête, elle découvrit Strathbane, tout comme Hamish Macbeth, elle fut soudain déprimée. Quel dommage que cette espèce de décharge industrielle ait été plantée au milieu d'un des plus beaux paysages de Grande-Bretagne ! Elle vit une petite station-service au bord de la route et regarda le prix de l'essence. Iain lui avait fait payer à peine plus cher. Comment les Écossais pouvaient-ils accepter ça ? Les prix étaient plus élevés qu'en Angleterre. Elle fit le plein et alla régler dans la station-service.

Un géant se dressait derrière le comptoir. Elle lui tendit sa carte de crédit qu'à son grand soulagement, il accepta. Elle commençait à craindre que dans ces contrées primitives, ils ne se servent pas de cartes de crédit.

– Vous êtes anglaise ? demanda-t-il.

– Oui, répondit joyeusement Jenny. Je suis en vacances.

– Vous auriez mieux fait de rester chez vous.

Avant que Jenny ait pu trouver une réponse bien sentie, un petit bout de femme surgit de l'arrière-boutique.

– Voyons, Angus, qu'est-ce que c'est que ces manières ? Je n'ai jamais entendu ça. Allez-y, mademoiselle, et bienvenue dans les Highlands, lui dit-elle avant de lancer à son colosse de mari : Et toi, espèce de grand corniaud, retourne te coucher et arrête d'insulter la clientèle.

Jenny ne demanda pas son reste. Décidément, c'était une erreur. Une dernière nuit et demain, retour à la civilisation.

Hamish Macbeth passa la journée à faire le pied de grue au commissariat de Strathbane. Il avait confié Lugs à Angela Brodie, la femme du médecin, en espérant qu'elle ne le gave pas. Angela était tête en l'air et chaque fois que Lugs fourrageait dans sa gamelle, elle croyait qu'elle ne l'avait pas nourri et lui redonnait à manger.

Enfin, il fut convoqué dans le bureau de Daviot.

– On a obtenu un graphologue, il va vous recevoir ce soir à dix-neuf heures. Vous le trouverez au labo de la scientifique sur Scotsdale Road. Vous avez apporté les lettres ?

– Oui, commissaire, dit Hamish. Comment s'appelle-t-il ?

– Mr Glass. Demandez Mr Roger Glass.

– Des nouvelles de l'autopsie ?

– Sinclair n'a pas fini. On devrait avoir les résultats d'ici demain. S'il s'avère que c'est un simple suicide, vous allez passer pour un imbécile.

– Je prends le risque.

Hamish retourna à la cantine du commissariat pour tuer le temps. Il prit un plateau avec des œufs, des frites et du thé et alla s'installer à une table placée près de la fenêtre.

Avant de s'asseoir, il regarda dans la rue. Une Reliant Robin était garée en face. Je me demande bien ce que Iain fait à Strathbane, se dit Hamish, puis il n'y pensa plus.

Dehors, Jenny finit par renoncer à attendre Hamish Macbeth. Des amoureux de la Reliant Robin n'arrêtaient pas de frapper à sa vitre pour lui raconter la belle époque de leur jeunesse où ils en possédaient une.

Elle regarda sa montre. Si elle voulait s'acheter des vêtements, il valait mieux qu'elle se dépêche. Elle se gara dans un parking aérien construit au-dessus d'un centre commercial. Ce dernier comportait plusieurs boutiques qui vendaient des articles de sport, mais les prix avaient l'air exorbitants et elle n'avait aucune envie de s'acheter des vêtements qu'elle ne porterait plus. Curieusement, le fait que Hamish Macbeth ne se soit pas montré l'avait incitée à prolonger son séjour.

Au bout de la galerie marchande, elle tomba sur une boutique du nom de Murphy's, pleine de vêtements à bas prix et de lainages étonnamment bon marché. Elle acheta deux pulls, un pantalon chaud en laine et un anorak. Puis elle alla au rayon chaussures et en essaya plusieurs paires avant de trouver des chaussures de marche pratiques. Enfin elle fit un détour par le rayon des sous-vêtements pour acheter plusieurs slips en coton blanc. Je serai peut-être mal fagotée, mais au moins, je serai à l'aise.

Elle alla se changer dans les toilettes du parking et se regarda dans la glace. L'anorak, un vêtement qu'elle avait proscrit de sa garde-robe, était rouge cerise. Le pull en lambswool qu'elle avait enfilé était ocre, le pantalon brun foncé et les chaussures plates marron.

En retournant à sa voiture, Jenny éprouva une nouvelle sensation de liberté. Sa tenue était incroyablement confortable.

Son seul regret était que l'anorak jurait avec la couleur de la Robin, mais c'est avec l'étrange sentiment d'être à sa place qu'elle quitta Strathbane et reprit la route de Lochdubh.

À dix-neuf heures précises, Hamish fut conduit dans le bureau de Mr Glass. Il pensait avoir affaire à un vieux professeur en veste de tweed et lunettes épaisses, mais se retrouva face à un homme d'une trentaine d'années, comme lui, avec des cheveux blond-roux et une bouille ronde de chérubin, en jean et chemise à carreaux à col ouvert.

Il parlait d'une voix sèche et précise qui détonnait avec son apparence.

– Vous avez les lettres ? Hamish Macbeth, c'est bien ça ?

– Oui. J'ai apporté les lettres.

– Ça va me prendre un certain temps.

Hamish soupira.

– C'est urgent. Vous pourriez au moins me donner une idée du type de personne qui a écrit les lettres ?

– Je vais essayer. Il y a du café là-bas. Servez-vous.

Mr Glass s'assit et ouvrit le dossier. Hamish se servit une tasse de café, s'installa sur une chaise dans un coin du bureau encombré et s'efforça d'être patient.

Au bout d'un moment, il demanda :

– Comment peut-on déterminer le caractère de quelqu'un par son écriture ?

– L'état d'esprit et les sentiments influencent la formation de l'écriture. L'écriture est une sorte de photographie mentale de ce qui se passe en vous.

– Et si quelqu'un maquille délibérément son écriture ?

– Ça complique un peu les choses. Mais les véritables traits de caractère apparaissent d'une façon ou d'une autre.

De nouveau, le silence se fit tandis que Hamish s'agitait sur son siège. Il y avait au mur une grosse pendule austère, comme celle que l'on voit parfois dans les salles de classe des Highlands. Son tic-tac sonore semblait s'accentuer à mesure que les minutes s'écoulaient.

– Hmm hmm, fit Mr Glass.

– Vous avez trouvé quelque chose ? demanda anxieusement Hamish.

– C'est trop tôt.

Hamish perdit patience.

– Écoutez, mon vieux, une femme est morte, elle était receveuse des postes. À mon avis, c'est un meurtre et il y en aura d'autres si vous ne vous activez pas. Vous n'avez pas une petite idée ?

– D'accord, capitula Glass. Vous voyez cette lettre adressée à une certaine Mrs Wellington qui l'accuse d'avoir une liaison avec vous ?

Il fixa Hamish avec une lueur narquoise dans le regard.

– *Aye*. J'étais sûr que vous choisiriez celle-là. Allez-y. Je regarde.

Hamish se pencha par-dessus son épaule.
– À première vue, elle n'a rien fait pour maquiller son écriture.
– Elle ? Vous êtes sûr ?
– Quasiment, oui. Elle n'a pas une grande estime d'elle-même et ne se sent jamais vraiment en sécurité.
– Pas étonnant que cette vieille bique ne se sente pas en sécurité si elle écrit ce genre de lettres.
– Non, ce n'est pas ce que je veux dire. Elle a constamment peur que les gens découvrent son véritable caractère et ne l'aiment plus. Elle est souvent déprimée. Vous voyez l'écriture qui descend, là, et les lettres qui repartent en arrière ? Regardez la barre des *t* qui est basse. Elle se camoufle en permanence derrière un masque.
– Comme le Fantôme de l'Opéra ?
– Non, non. Elle joue un rôle, peut-être celui d'une femme forte et sûre d'elle, et ce rôle, elle l'a probablement endossé toute sa vie.
– Elle est âgée ?
– Je pense. Elle a un tempérament surmené. Elle a si peu d'estime pour elle-même qu'elle veut toujours en faire plus qu'elle n'en est capable.
– Donc, elle a peut-être travaillé, même si elle est aujourd'hui à la retraite. Je veux dire, ce n'était pas une femme au foyer avec un mari et des enfants ?
– Ça, je ne peux pas le savoir. J'ai encore besoin d'un peu de temps.
– Appelez-moi à Lochdubh quand vous aurez autre chose.

Le lendemain matin, Hamish téléphona au commissariat, mais on lui dit que les résultats de l'autopsie ne seraient prêts qu'en fin d'après-midi.

On frappa à la porte. Il l'ouvrit et reconnut Jenny. Le temps était frais et ensoleillé et elle portait une nouvelle tenue plus « pratique ».

– Qu'y a-t-il ? demanda Hamish. Il était impatient de partir pour Braikie.

Jenny cligna des yeux. Elle avait oublié de se munir d'un prétexte. Elle s'empressa d'en inventer un.

– C'est très isolé, ici, commença-t-elle en battant des cils chargés de mascara waterproof.

– Et alors ?

– Je me demande s'il n'est pas risqué pour une femme de circuler seule.

– C'est l'endroit le plus sûr au monde. Et maintenant, si ça ne vous dérange pas…

Jenny s'empourpra.

– Vous êtes toujours aussi désagréable avec les visiteurs ?

Hamish lui jeta un nouveau coup d'œil. Elle était très jolie.

– Désolé, dit-il. Je suis sur une affaire qui me préoccupe. Écoutez, ce soir, je vous invite à dîner.

Jenny se dérida. Elle n'en espérait pas tant.

– Où ça ?

– Au restaurant italien qui est sur les quais. À vingt heures, ça vous va ? Je devrais être libre, à ce moment-là.

– Super. Je suis ravie.

Tandis qu'elle s'éloignait, Hamish secoua la tête. Une jolie fille débarque chez toi, et tout ce que tu trouves à faire, c'est de l'envoyer balader.

Jenny avait laissé la porte ouverte. Il alla la refermer et trouva Elspeth qui le regardait, plantée là. Il ne l'avait pas entendue arriver. Mais Elspeth avait la manie de se matérialiser sans crier gare.

– Quoi encore ? demanda-t-il.

– Le graphologue. Vous l'avez vu ?

– Oui. Bon allez, entrez. Je dois partir à Braikie, mais ce n'est peut-être pas une mauvaise idée que vous sachiez ce qu'il a dit.

Elspeth le suivit dans la cuisine.

– Qu'est-ce qu'elle faisait là ?

– Qui ça ?

– La nouvelle arrivante, Jenny Ogilvie.

– Elle avait besoin de conseils, c'est tout. Bon, voilà ce que l'expert a dit.

Il lui résuma les conclusions de Glass.

– Bien, poursuivit-il, qu'est-ce que Braikie a à offrir à quelqu'un d'ambitieux ? C'est peut-être une femme qui est partie à Londres et y a fait carrière, puis qui est retournée à Braikie au moment de la retraite.

– Je ne crois pas. Manifestement, elle a passé sa vie à observer les gens du coin.

– OK, Sherlock, trouvez-moi une meilleure idée.

– À mon avis, c'est quelqu'un qui doit avoir un certain pouvoir au niveau local. Le pasteur est un homme. Le directeur de banque aussi, et qui plus est, il est nouveau. Je sais !

– Quoi donc ?

– Et si c'était une directrice de collège ? Braikie est une petite ville et la directrice a beaucoup de pouvoir.

– On dit plutôt la principale, de nos jours, dit Hamish.

– Je m'en fous, répliqua Elspeth. Qui est-ce qu'on connaît ?

Hamish réfléchit.

– Miss McAndrew a pris sa retraite l'an dernier. Je ne la connaissais pas vraiment.

– Essayez toujours, insista Elspeth.

– D'accord. Mais d'après le peu que je sais d'elle, c'est une dame très convenable.

– Je dois y aller, dit Elspeth qui se dirigea vers la porte, puis hésita et se retourna. Ça fait un moment qu'on n'a pas dîné ensemble. Ce soir, ça vous dirait ?

– Je ne suis pas libre.

– Oh, Hamish. Il y a quelque chose de louche. Cette fille vous court après.

Et sur ces mots, elle disparut, laissant Hamish contempler l'espace vide où elle se trouvait une seconde auparavant.

Hamish donna à manger à Lugs et décida de ne pas l'emmener avec lui. Ce serait une visite délicate. Il pouvait difficilement débarquer chez Miss McAndrew et l'accuser d'être le corbeau. Il pouvait peut-être lui dire qu'il était venu chercher conseil.

Il partit à Braikie sous un ciel radieux, en se demandant combien de temps durerait cette embellie. Il longea la côte, remarquant la mer exceptionnellement calme et les vagues lisses et transparentes qui venaient mourir sur la plage de galets.

Il appela le collège et demanda à un professeur s'il pouvait avoir l'adresse de Miss McAndrew. On lui dit qu'elle habitait une petite maison appelée Braikie Manor, sur la route côtière.

Curieux de rencontrer cette femme qui voulait faire croire qu'elle vivait dans un manoir, Hamish reprit la route de la côte. On lui avait indiqué que la maison était située sur une butte, juste à la sortie de Braikie.

C'était une petite bâtisse carrée avec une grande baie vitrée. Elle devait avoir une vue magnifique sur la mer, se dit-il en descendant de la Land Rover après s'être garé au bord de la route.

Une petite allée en pente goudronnée menait à l'entrée. Le jardin était couvert d'herbes folles, avec ici et là, quelques arbres recourbés par les tempêtes de l'Atlantique. La porte était entrebâillée.

Il appuya sur la sonnette et entendit un carillon de Westminster résonner dans la maison. Personne ne vint lui ouvrir. Un garage jouxtait la demeure. Il alla y jeter un œil. Il y avait une fenêtre sur le côté. Elle était crasseuse. Il l'essuya avec sa manche et regarda à l'intérieur. Il vit une petite Ford Escort. La propriétaire devait donc être là.

Il retourna à la porte et sonna de nouveau. Derrière lui, les vagues s'écrasaient sur le rivage et une mouette criait au-dessus de sa tête. Il poussa la porte.

– Miss McAndrew ! lança-t-il.

Pas un bruit.

Il retira sa casquette et la mit sous son bras. Peut-être dormait-elle. Il pénétra dans la maison. Il y avait un couloir étroit. Il baissa les yeux et vit le courrier du matin par terre. Son cœur se mit à battre à tout rompre.

– Miss McAndrew ! cria-t-il de plus belle.

Il ouvrit une porte, à gauche. Le séjour. Personne. À droite, une autre porte donnait sur le salon un peu humide qui sentait le renfermé, de toute évidence la pièce réservée aux grandes occasions. Au fond du couloir, une porte ouverte menait à la cuisine. Et juste avant, à droite et à gauche, il y avait deux autres portes. Il ouvrit la première.

C'était une chambre dont les rideaux étaient bien tirés. Il chercha à tâtons l'interrupteur à côté de la porte et l'actionna. Une lumière crue tomba sur la vision atroce d'un corps baignant dans le sang. Il s'approcha. Des yeux morts le fixaient. Il prit le pouls de la victime pour vérifier et ne sentit rien.

Miss McAndrew avait été sauvagement poignardée – le meurtrier s'était acharné sur elle. Il prit son portable et appela Strathbane. Il sortit des gants de protection et alla dans le séjour. Près de la fenêtre, il y avait un bureau sur lequel traînaient quelques factures et des prospectus. Il ouvrit les tiroirs un à un. Dans celui du bas, il trouva un bloc de papier à lettres bon marché et un paquet d'enveloppes. Dans celui du haut, à gauche, il tomba sur le début d'une lettre. « Chère Effie, commençait-elle, cela fait longtemps que je n'ai pas eu de tes nouvelles. »

C'était la même écriture que celle des lettres anonymes.

Il sortit de la maison et respira l'air frais à pleins poumons. Une voiture arriva et Jimmy Anderson en descendit, suivi de son équipier, MacNab, ainsi que de deux policiers. Hamish alla à leur rencontre.

– Comment vous avez fait pour arriver si vite ?

– Blair est en chemin, dit Jimmy. On était à Braikie quand on a eu votre message. On enquêtait sur l'autre meurtre.

– Vous parlez de Miss Beattie ?

– *Aye*. Vous aviez raison. Elle a été droguée.

– Mais j'ai appelé ce matin et on m'a dit qu'on n'avait pas encore les résultats.

– Je ne sais pas qui vous a dit ça, mais il s'avère que vous aviez raison. Et ici, qu'est-ce qu'on a ?

– Une femme poignardée à mort.

– La victime ?

– Miss McAndrew, une enseignante à la retraite.

– L'équipe de la scientifique ne va pas tarder.

Ils s'apprêtaient à retourner à l'appartement de la

receveuse des postes. On va attendre qu'ils arrivent. Qui l'a tuée et pourquoi, à votre avis ?

– Qui, je ne sais pas, répondit gravement Hamish. Mais je sais pourquoi.

Une voiture s'arrêta dans un crissement de pneus au bas du jardin et la silhouette massive de l'inspecteur-chef Blair s'en extirpa.

– Pourquoi alors ? demanda Jimmy à Hamish.

– Miss McAndrew était le corbeau et quelqu'un l'a découvert.

# 3

> « J'ai cru entendre une voix crier : "Ne dormez plus !
> Macbeth assassine le sommeil !" L'innocent sommeil,
> Le sommeil qui dévide l'écheveau embrouillé des soucis ! »
>
> William Shakespeare

Blair était d'une humeur de chien. Il en voulait à Hamish Macbeth d'avoir réussi Dieu sait comment à transformer en meurtre ce qui avait toutes les apparences d'un simple suicide. Et voilà que ce grand échalas, cet abruti de péquenaud des Highlands, avait trouvé un autre cadavre.

Il passa devant Hamish en manquant de le bousculer et lança à Jimmy :

– Allons voir le corps.

– C'est que la scientifique va arriver, chef. Il vaut peut-être mieux les attendre.

Blair roula des yeux furibonds mais il comprit

que c'était en effet plus sage et se tourna vers Hamish.

– Pour quelle raison vous êtes allé la voir ?

Hamish lui expliqua patiemment ce que lui avait dit le graphologue et qu'il avait pensé qu'une professeure à la retraite pouvait correspondre au profil. Blair l'écouta, sa grosse tête de taureau penchée de côté.

Le photographe de l'identité judiciaire arriva, puis l'équipe de la scientifique, et enfin le légiste, Mr Sinclair.

– Dès que vous aurez fini, je jetterai un œil à l'intérieur, gronda Blair. Et quant à vous, mon gars, vous n'avez qu'à retourner à vos moutons.

Hamish se mit au garde-à-vous lorsqu'une élégante BMW noire se gara derrière la file de voitures. Daviot en descendit.

– J'étais en chemin pour Braikie quand on m'a appelé pour m'annoncer la nouvelle. C'est vous qui avez trouvé le corps, Macbeth ?

– Oui, commissaire.

– Racontez-moi.

Hamish lui précisa qu'il avait fini par soupçonner Miss McAndrew d'être le corbeau et effectivement trouvé dans son bureau du papier à lettres identique à celui utilisé par l'auteur des lettres anonymes.

– Comme vous l'avez sûrement appris, dit Daviot, vous aviez raison au sujet de la mort de Miss Beattie. On estime que le meurtre a été commis samedi soir, entre vingt et une heures et vingt-deux heures.

– *Aye* et je me demande bien pourquoi on ne m'a pas livré les conclusions de l'autopsie quand j'ai téléphoné ce matin.

Blair regarda le ciel en fronçant les sourcils. Il avait entendu par hasard l'agente qui prenait l'appel de Hamish et lui avait ordonné de dire qu'on n'avait encore rien trouvé. Blair était jaloux de Hamish et redoutait qu'il finisse par accepter une promotion et vienne s'installer à Strathbane pour le remplacer.

– Aucune idée, dit Daviot. Le mieux, c'est que vous alliez interroger les voisins à Braikie pour savoir s'ils ont vu quelqu'un monter chez Miss Beattie. Quand on aura terminé ici, je vous enverrai des hommes pour vous seconder.

– Je suppose que cela annule l'ordre de Mr Blair ?

– Quel ordre ?

– J'ai été sommé de retourner à mes moutons, commissaire.

Blair se força à rire.

– Le problème avec vous autres, les Highlanders, c'est que vous prenez tout au sérieux.

– Voilà, Macbeth. Et maintenant, au travail.

Une autre voiture s'arrêta dans un crissement de pneus. Elspeth et Pat Mallone en descendirent.

– Et débarrassez-moi de ces journalistes, ajouta Daviot.

Hamish alla à la rencontre d'Elspeth.

– Elle est morte, c'est ça ? demanda-t-elle.

– Je suis censé me débarrasser de vous deux, dit Hamish. Suivez-moi à Braikie et je vous raconterai ça, mais attention, je ne vous aurai rien dit.

Ils se rendirent dans un pub miteux de Braikie appelé le Red Rory. Dans une ville aussi puritaine que Braikie, songea Hamish, les débits de boisson devaient forcément être sinistres. Ils commandèrent des sodas et s'installèrent à une table près de la fenêtre.

Hamish détailla ses récentes découvertes.

– Un double meurtre ! s'exclama Pat, une lueur d'excitation dans ses yeux d'Irlandais. Je n'aurais jamais cru qu'il se passerait autant de choses par ici.

– Vous venez d'où ? lui demanda Hamish.

– Dublin.

– Et qu'est-ce qui vous a amené ici ?

– J'ai vu l'annonce de Sam dans le magazine du syndicat national des journalistes et j'ai posé ma candidature. Je crois qu'il n'a pas trouvé moins cher, ajouta-t-il en souriant, et je n'avais aucune expérience journalistique. À la fin de mes études, j'ai travaillé comme rédacteur publicitaire. Mais quand j'ai vu Lochdubh et le *Highland Times*, je me suis dit quel trou à rats, je ne pourrai jamais vivre ici. Et puis Elspeth est arrivée.

Il la contempla avec un sourire ébloui. Elspeth regarda vaguement par la fenêtre aux barreaux crasseux.

– Voilà, vous savez tout, dit Hamish. Mais ne

me citez pas, pas même en disant que vous le tenez d'une source. Interrogez les habitants, allez à Strathbane et recueillez des témoignages. Bon, moi j'y retourne.

– Il te branche ? demanda Pat quand Hamish eut quitté le pub.

– La seule chose qui me branche, c'est cette affaire, répliqua sèchement Elspeth. Termine ton verre et on va voir ce qu'on peut trouver pour pouvoir faire un papier là-dessus sans dire qu'on tient nos infos de Hamish.

– OK, la journée va être longue. On pourrait aller dîner chez l'italien, ce soir. Allez, Elspeth. C'est sympa de ta part de m'emmener partout avec toi et de m'apprendre le métier. Mais il faut bien se détendre.

Brusquement, Elspeth sourit. Pourquoi pas, se dit-elle. Après tout, Hamish ne manifestait aucune envie d'être en sa compagnie ces derniers temps.

– D'accord. Et maintenant, allons-y.

Pat sourit joyeusement. Il essaya de se rappeler si on dînait aux chandelles, dans ce restaurant. C'était si romantique, les chandelles.

Hamish commença par aller voir Mrs Harris qui avait trouvé le corps de Miss Beattie.

– Encore vous, dit-elle en lui ouvrant. Pourquoi il y a des policiers partout ?

– Je peux entrer ? Je vais vous expliquer.

Elle habitait à côté de la poste, dans un appartement situé au-dessus des magasins. Elle le conduisit dans un petit salon bien rangé avec une perruche qui chantait dans une cage placée devant la fenêtre et un gros chat qui ronronnait devant un feu de cheminée.

– Asseyez-vous, dit Mrs Harris. Je vais vous faire du thé.

Hamish s'enfonça dans un vieux fauteuil confortable au coin du feu. Le chat ronronnait, la pendule de la cheminée faisait tic-tac et soudain, il en eut assez de toute cette histoire.

Il ferma à demi les paupières et réfléchit. Miss Beattie, la receveuse des postes, avait été assassinée. Elle était mieux placée que quiconque pour deviner l'identité du corbeau. Mais Miss McAndrew, elle, n'avait pas été tuée de façon préméditée et méthodique, comme Miss Beattie, mais sauvagement à coups de couteau. Il était probable qu'on avait affaire à deux meurtriers.

Mrs Harris revint avec un plateau chargé. Hamish se leva d'un bond pour le lui prendre des mains.

– Posez-le sur la table à côté de la fenêtre, lui intima-t-elle.

– Vous n'auriez pas dû vous donner tout ce mal, dit Hamish en regardant l'assiette de gâteaux et de scones et la grande théière.

– Ce n'est pas souvent que j'ai de la compagnie et maintenant qu'Amy est partie, il n'y a plus personne.

Une larme roula sur la joue parcheminée de Mrs Harris et elle l'essuya avec un coin de son tablier à fleurs.

– Vous n'avez pas de famille ? lui demanda Hamish avec douceur.

– Mon mari est mort il y a vingt ans. Je n'ai jamais eu d'enfant. Ma sœur est partie elle aussi.

Hamish prit mentalement note de chercher un club du troisième âge à Braikie, puis entre deux bouchées de scone il lui demanda :

– Miss Beattie ne vous a jamais confié ou fait comprendre qu'elle pensait savoir qui était le corbeau ?

Mrs Harris fronça les sourcils en réfléchissant.

– Attendez. Quand vous avez pris la parole au foyer communal, elle m'a dit en s'en allant : « C'est bien beau de nous demander de faire notre devoir de citoyen, mais si on a juste des soupçons et qu'une brave dame tout ce qu'il y a de plus convenable est cuisinée par la police et perd sa réputation, tout ça pour rien ? » Sur le moment, je n'y ai pas prêté attention, parce que les gens n'arrêtaient pas de faire des suppositions. J'ai cru que sa question était... comment dire...

– Purement rhétorique ?

– *Aye*, juste une hypothèse.

– Quand l'avez-vous vue vivante pour la dernière fois ?

– Devant la poste, à la fermeture. Avant de partir, elle m'a dit : « Passez me voir demain, je vous donnerai des gâteaux. » Elle était douée pour la pâtisserie.

– Et vous ? Vous avez déjà soupçonné quelqu'un ?

Mrs Harris fit signe que non.

– Pour tout vous dire, j'ai été écœurée par les accusations qui circulaient. Pourquoi toutes ces questions, à quoi rime ce défilé de policiers ?

– Nous nous en tenons au strict protocole, dit Hamish.

Il pouvait difficilement l'informer que son amie avait été assassinée avant que ce ne soit officiellement annoncé. Elle l'apprendrait bien assez tôt.

– Miss Beattie avait-elle de la famille ?

– Elle avait une sœur, à Perth. Elle est en route pour aller voir le procureur à Strathbane, je crois.

L'Écosse a un système basé sur le droit romain et le procureur d'un district fait également office de coroner en chef – c'est lui qui prend la décision d'ouvrir des enquêtes.

Hamish finit son thé et se leva.

– Je reviens vous voir dès que j'ai des nouvelles.

Une autre larme coula sur la joue de la vieille dame.

– Qu'y a-t-il à ajouter ? Elle s'est donné la mort. Je ne savais pas qu'elle était aussi malheureuse. Elle aurait dû me le dire.

Hamish brûlait d'envie de lui révéler qu'en réalité, son amie ne s'était pas suicidée, mais n'osait pas lui dire quoi que ce soit avant que ce ne soit officiel.

En sortant de chez elle, il alla directement au collège. C'était une vieille bâtisse victorienne en pierre grise. Il entra et parcourut un couloir défraîchi en cherchant une porte marquée directeur, directrice, principal ou principale. Il arriva devant une porte vitrée en verre dépoli où était indiqué en lettres noires « Principal ». Il frappa et une voix masculine répondit :

– Oui !

Hamish détestait les gens qui ne prenaient pas la peine de vous dire d'entrer.

Il ouvrit la porte et pénétra dans la pièce. Un petit monsieur à l'air affairé avec des lunettes à monture dorée et des cheveux gris clairsemés sur un crâne criblé de taches de rousseur était assis derrière un bureau. Il continua à corriger des copies.

Hamish sentit l'irritation le gagner.

– Bien, quand vous aurez fini de chercher à m'impressionner, vous pourrez peut-être répondre à quelques questions, Mr… ?

L'homme leva les yeux.

– Arkle, dit-il. Je suis très occupé. Je suis en poste depuis peu de temps. Si vous croyez que je cherche à vous impressionner, vous vous trompez lourdement.

– Tant mieux. Bien, Mr Arkle, connaissiez-vous Miss McAndrew ?

– J'ai fait sa connaissance à son pot de départ. C'était inutile que je la rencontre avant. La secrétaire du collège m'avait tout expliqué.

– J'aimerais parler à la secrétaire quand nous aurons fini. Miss McAndrew a été découverte ce matin, sauvagement poignardée à mort.

– Mon Dieu. Quel choc ! Que puis-je pour vous ?

Ça t'en bouche un coin, hein, espèce de crétin prétentieux, se dit Hamish.

– Je cherche quelqu'un qui puisse me parler d'elle. Quelle impression vous a-t-elle fait ?

Il fronça les sourcils, joignit les bouts de ses doigts et regarda Hamish d'un air pénétré. Il se croit en permanence dans un film, songea Hamish.

– Hmm, voyons voir, dit Mr Arkle. Une professeure de la vieille école. Très stricte. Elle obtenait de bons résultats. Pas très sympathique. Je ne peux pas vous en dire beaucoup plus.

– Je peux parler à votre secrétaire ?

– Oui, oui, bien sûr.

Il prit le téléphone et appela un numéro de poste.

– Miss Mather ? Vous pouvez venir dans mon bureau ? La police voudrait vous interroger, dit-il avant de raccrocher. Elle arrive tout de suite.

– Où est son bureau ?

– Juste à côté.

Et tu n'aurais pas pu le lui dire directement, espèce d'abruti, articula mentalement Hamish. Il vit une ombre derrière la vitre dépolie de la porte et l'ouvrit brusquement. Devant lui, se tenait une fille pâle et malingre.

– Miss Mather ?

Elle leva vers lui de grands yeux écarquillés de peur.

– Sortons, s'empressa-t-il d'ajouter.

Il n'avait aucune envie de l'interroger en présence du principal qui les écouterait et ne manquerait pas d'intervenir.

– Vous voulez que nous allions dans mon bureau ? demanda-t-elle en jetant un regard anxieux à la porte du principal.

– Il fait beau. On va faire un petit tour dehors.

Elle le suivit docilement à l'extérieur et se tint à côté de lui sur le goudron gris de la cour de récréation.

– Je m'appelle Hamish. Et vous ?

– Freda.

– Vous semblez effrayée, pourquoi ça ?

– Quand un policier vient vous voir, la plupart du temps, c'est pour annoncer une mauvaise nouvelle. C'est ma mère… ?

– Non, rien à voir avec votre famille. En fait, on a retrouvé Miss McAndrew assassinée ce matin.

Elle blêmit et chancela. Il la rattrapa par la taille et la conduisit jusqu'à un banc en bordure de la cour.

– Mettez la tête en bas. Voilà, c'est bien. Et maintenant, redressez-vous et respirez à fond.

Il attendit qu'elle ait repris des couleurs puis lui demanda :

– Vous avez été sa secrétaire ?

– Oui. Pendant… pendant cinq ans.

– Réfléchissez bien et dites-moi franchement, comment était-elle ?

– Oh, c'était quelqu'un de bien et elle obtenait de bons résultats au collège.

– Oubliez qu'elle est morte et dites-moi sincèrement ce que vous pensiez d'elle.

Une mouette se posa à leurs pieds, pencha de côté sa tête préhistorique et ne voyant aucune trace de nourriture, s'envola en poussant un cri dédaigneux.

Freda baissa la tête. C'était une fille à l'allure triste : des cheveux d'une couleur indéterminée, à mi-chemin entre le blond et le châtain, des yeux d'un bleu délavé, une mince silhouette voûtée.

– C'était un tyran, dit-elle en étouffant un sanglot. Elle donnait des petites réceptions chez elle et me demandait de faire le service, verser le thé, proposer des gâteaux. Et elle ne me payait jamais.

– Si elle était tyrannique à ce point, comment se fait-il que les gens venaient chez elle ?

– Oh, elle était gentille avec tout le monde, sauf avec moi et peut-être un des autres professeurs.

– Il y a quatre professeurs, c'est bien ça ?

– Oui, Miss Maisie Hart, Mrs Henrietta McNicol, Mr Jamie Burns, et un nouveau, Mr Matthew Eskdale.

– Et lequel persécutait-elle ?

– Mr Burns. Il n'est plus tout jeune, voyez-vous, et il veut rester pour pouvoir toucher la retraite.

– Vous n'auriez pas pu trouver un poste ailleurs, tous les deux ?

– Mr Burns est têtu et jurait qu'elle ne le forcerait pas à partir. Quant à moi, ma mère est en mauvaise santé et pour trouver un autre travail, il aurait fallu que j'aille m'installer à Strathbane. Je préfère ne pas m'éloigner.

– Miss McAndrew a-t-elle déjà été menacée ?

– Personne n'aurait osé, je pense.

– Et les parents d'élèves ?

– Il y a eu un incident l'an dernier, à la journée des parents d'élèves. Mr Joseph Cromarty qui tient la quincaillerie de la rue principale : son fils Geordie n'avait pas été choisi pour le spectacle de fin d'année et il a piqué une colère en l'accusant de l'avoir pris en grippe.

– Et c'était le cas ?

– Il faudrait demander au professeur de Geordie, Mr Burns. Je n'en sais rien.

La sonnerie de midi retentit dans le collège. Des flots d'élèves sortirent dans la cour et se dirigèrent vers des parents qui les attendaient devant la grille. D'autres allèrent s'asseoir avec leur lunch box sur des bancs à l'autre bout de la cour. Un monsieur d'un certain âge à l'air épuisé apparut sur les marches du collège.

– C'est Mr Burns, chuchota Freda.

– Merci pour votre aide. Je vais aller lui parler. Vous pouvez me donner votre adresse et votre numéro de téléphone ?

Elle les lui donna. Il la remercia de nouveau et elle s'empressa de retourner à l'intérieur, la tête baissée.

Pauvre petite, songea Hamish. Une fois de plus, elle se retrouvait avec un chef tyrannique.

Il se leva et s'approcha de Mr Burns.

– Je viens d'apprendre, pour Miss McAndrew, le devança ce dernier.

Dans sa jeunesse, ce devait être un solide gaillard, mais avec le temps, ses épaules s'étaient voûtées et ses muscles ramollis.

– Qui vous l'a dit ? demanda Hamish.

– Arkle.

– Ça vous étonne ? On ne dirait pas.

– Je détestais cette vieille bique. Cela dit, j'aurais pensé que les gens avaient trop peur d'elle pour l'assassiner.

– Visiblement, ce n'était pas le cas de tout le monde. Y avait-il quelqu'un en particulier qui la haïssait suffisamment ?

– À part moi ? Non, je ne vois pas. Quelle affaire, pour une petite ville comme Braikie ! D'abord, cette pauvre Miss Beattie qui est assassinée, et maintenant ça.

– Qui vous a dit que Miss Beattie avait été assassinée ? réagit vivement Hamish.

– Maisie Hart. Elle est arrivée en retard parce qu'elle avait rendez-vous chez le dentiste et c'est l'assistante du dentiste qui le lui a dit.

– Et qui l'a dit à l'assistante ? demanda Hamish avec impatience.

– Elle est passée devant la poste en allant chez le dentiste et a bavardé avec le policier en faction.

– Toute la ville est au courant, je suppose, dit Hamish.

– Naturellement.

Puisque le pot aux roses est découvert, autant lâcher le morceau, se dit Hamish avec un mélange de métaphores peu orthodoxes.

– Vous saviez que Miss McAndrew était notre corbeau ?

Il eut l'air stupéfait.

– Je n'y crois pas ! C'était un tyran, mais elle avait son franc-parler, si vous voyez ce que je veux dire. C'était pervers, sournois d'écrire des lettres pareilles. Mais maintenant que j'y pense, ça a commencé au moment où elle a pris sa retraite.

– Vous en aviez reçu une ?

– Oui. Je vous l'avais envoyée.

– Rappelez-moi, déjà, qu'est-ce qu'elle disait ?

– Elle m'accusait d'avoir une liaison avec Maisie Hart. Maisie est mignonne. J'ai été flatté.

Hamish sentit qu'on lui tapait sur l'épaule et se retourna. C'était Blair accompagné de Jimmy Anderson, MacNab, un policier et une policière.

– On prend le relais, Macbeth.

– Vous ne voulez pas savoir ce que j'ai comme éléments ? demanda Hamish.

– Je préfère aborder l'affaire avec un œil neuf.

Du balai, allez interroger les commerçants du côté de la poste et les occupants des appartements au-dessus. Ils ont peut-être vu quelque chose.

Hamish était certain que cela avait déjà été fait, mais il savait qu'il était inutile de protester et s'en alla.

Il se mit en quête des jeunes bons à rien de Braikie. La ville grouillait de policiers qui devaient se concentrer sur les habitants vivant à proximité des commerces. Il parcourut la rue principale jusqu'à ce qu'il aperçoive une bande de jeunes au teint blafard qui admiraient la moto d'un de leurs congénères. En le voyant s'approcher, ils commencèrent à se disperser, mais Hamish leur lança :

– Je voudrais juste vous dire un mot.

Il s'étonnait toujours que certains jeunes des Highlands aient aussi mauvaise mine. C'était parfois dû à la drogue, mais le plus souvent, c'était le manque d'exercice conjugué à une alimentation déséquilibrée.

– Miss Beattie a été assassinée, dit-il, ne voyant plus aucune raison de taire la nouvelle.

Il y eut des cris de stupéfaction et ils s'attroupèrent autour de lui, les yeux brillants d'excitation.

– Il va y avoir la télé ? demanda l'un. On va passer à la télé ?

– Ils ne devraient pas tarder, répondit Hamish. Bon, on l'a retrouvée morte dimanche dernier, il se peut donc que quelqu'un lui ait rendu visite samedi soir. Y en a-t-il un parmi vous qui soit passé devant la poste ? Qui ait vu quelqu'un monter chez elle ou juste traîner dans le coin ?

Ils firent tous signe que non, puis derrière le groupe, une petite voix s'éleva :

– Moi, j'ai vu quelqu'un.

Ils s'écartèrent, laissant apparaître un petit garçon au visage criblé de taches de rousseur avec une tignasse aussi rousse que Hamish.

– *Och*, Archie, railla celui à la moto. Raconte pas de conneries.

– Mais c'est vrai, protesta-t-il.

– Viens, Archie, lui dit Hamish.

Il prit l'enfant à l'écart et sortit son carnet.

– Comment tu t'appelles ?

– Archie Brand.

– Et tu habites où ?

– 6 Glebe Street.

– C'était à quelle heure ?

– Vers neuf heures. Le soir où Miss Beattie a été tuée.

– Et qu'est-ce que tu faisais dehors à une heure pareille ? Glebe Street est à l'autre bout du village. Quel âge as-tu ?

– Dix ans. J'allais au fish and chips.

– Bon, Archie, maintenant réfléchis bien. Tu as vu qui ou quoi exactement ?

– C'était un jeune. Je voyais pas bien, parce que les lampadaires étaient pas allumés. Il était tout en noir. Il avait une casquette de base-ball baissée.

– Et qu'est-ce qu'il faisait ?

– Il était juste devant la poste à regarder en haut et en bas, et quand il m'a vu arriver, il s'est retourné vers la devanture.

– Donc, tu n'as pas vu son visage.

– Non, m'sieur.

– Il avait quel âge ?

– Comme mon frère. Dix-sept ans, à peu près.

– Grand ?

– Pas aussi grand que vous.

Hamish se retourna pour scruter la bande.

– Ton frère est là ?

– Oui, c'est celui avec la moto.

– Il faisait la même taille ?

– À peu près.

Hamish nota un mètre soixante-douze dans son carnet.

– Mince, gros, normal ?

– Je suis pas sûr. Il avait une grosse doudoune. Je me suis pas arrêté, je me suis juste retourné une fois et il était plus là.

– Il y avait d'autres gens dans la rue ?

– Non, personne. Même au fish and chips, c'était vide.

– C'est peut-être un élément crucial, dit Hamish d'un ton solennel. Il est possible que je passe chez toi.

La sonnerie du collège retentit au loin.

– Tu ferais mieux de retourner en cours, le sermonna Hamish en refermant son carnet.

– Je suis obligé ? C'est vrai quoi, vu qu'il y a

eu un meurtre et tout. Je peux bien manquer un jour, non ?

– Allez, file, lui ordonna Hamish.

Le garçon prit à contrecœur le chemin du collège sous les quolibets de la bande que dirigeait son frère.

Hamish retourna à la poste et examina les magasins d'en face. Certains occupaient visiblement l'étage, mais au-dessus d'une ancienne boutique de mode devenue une quincaillerie, il voyait des rideaux aux fenêtres. Il traversa la rue et monta jusqu'aux appartements. Hamish repensa avec un pincement au cœur au meurtre du dentiste. Autrefois, il y avait un vieux monsieur charmant qui habitait là.

Il monta encore un étage et frappa. La porte s'ouvrit et Hamish eut devant lui le sosie du regretté Fred Sutherland. Il était en robe de chambre, pyjama rayé et casquette plate.

– Vous êtes de la famille de Fred ?

– C'était mon cousin. Moi, c'est Jock. Fred m'a laissé l'appartement. Entrez. C'est épouvantable. Deux meurtres.

– Qui vous l'a dit ?

– Joe Cromarty, le quincailler. Il est passé il y a quelques minutes et m'a appris que Miss McAndrew avait été tuée et la pauvre Miss Beattie aussi.

Hamish songea avec amertume que tout le nord de l'Écosse devait être au courant des meurtres.

Dans les Highlands, les nouvelles se répandent aussi vite qu'un feu de bruyère après un été sec.

– Vous voulez du thé ? demanda Jock.

– Non, j'aimerais juste vous poser quelques questions. Miss Beattie a été tuée samedi soir, dit-il en s'approchant de la fenêtre. Vous voyez bien la poste, d'ici. Avez-vous remarqué quelqu'un ou quelque chose ? Aux environs de vingt et une heures.

– Je ne me souviens plus de l'heure. J'étais allé à votre réunion au foyer communal. Attendez. J'ai effectivement regardé en face parce que Miss Beattie laissait toujours les rideaux ouverts et elle me faisait signe quand elle me voyait par la fenêtre. Mais les rideaux étaient bien tirés. Elle les fermait toujours quand elle recevait quelqu'un.

Hamish s'anima.

– Un homme ?

– Un soir, j'ai vu par la fenêtre un homme de dos puis il a disparu dans la pièce et Miss Beattie a tiré les rideaux.

– Quel âge ?

– Je ne peux pas vous dire. Je l'ai à peine aperçu de dos et comme c'est une petite fenêtre, le haut de sa tête était coupé.

– Mais vous lui donneriez quel âge, environ ?

– Il avait les épaules larges et un peu voûtées. Il portait un costume sombre. Je ne pourrais pas vous dire quel âge il avait.

– Vous n'avez vu personne traîner dans la rue ?

– Je n'ai pas regardé en bas. Après, je me suis fait un thé et j'ai regardé la télé.

– Vous connaissiez Miss McAndrew ?

– Je l'ai croisée à plusieurs reprises. Il y a un club du troisième âge au foyer. Elle venait de temps en temps. Elle voulait mettre en place un cours d'alphabétisation pour les personnes âgées. Ridicule. À notre époque, aucun enfant de la paroisse ne sortait de l'école sans savoir lire et écrire. C'était un vrai despote. Teinte en blonde, de grandes dents.

– Vous ne l'aimiez pas ?

– Personne ne l'aimait.

– J'ai toujours eu l'impression qu'elle était respectée.

– *Och*, vous savez comment sont les parents, en Écosse. C'était une bonne enseignante, et tant qu'elle obtenait des résultats avec leurs gamins, les parents se fichaient du reste.

– Il paraît que Mr Cromarty s'était disputé avec elle.

– *Och*, lui ? Laissez tomber. Il ne devrait pas être commerçant. Il se dispute avec tout le monde.

– Il faut que j'aille le voir. Si vous entendez quelque chose, appelez-moi à Lochdubh.

Hamish sortit dans la rue et alla à la quincaillerie. Il s'attendait à tomber sur une brute, mais derrière le comptoir, il n'y avait qu'un type frêle avec de grosses lunettes à monture d'écaille et une crinière brune. Il portait une blouse marron par-dessus son costume.

– Je cherche Joe Cromarty, dit Hamish.

– C'est moi.

– Je suis Hamish Macbeth, agent de police à Lochdubh.

– Je vous ai vu au foyer communal. Il paraît qu'il y a eu deux meurtres, c'est vrai ça ?

Après lui avoir expliqué brièvement ce qu'il en était, Hamish lui demanda s'il avait vu quelqu'un traîner dans les parages samedi soir.

– Impossible. Le samedi, je n'ouvre que le matin. J'ai passé l'après-midi dans mon jardin puis je suis allé au cinéma à Strathbane avec ma femme. J'ai un alibi en béton.

– Personne ne vous accuse de quoi que ce soit, le rassura Hamish avec douceur. Vous savez si Miss Beattie avait un petit ami ?

– Qu'est-ce que vous insinuez ?

Hamish regarda avec étonnement le visage soudain hostile de son interlocuteur.

– Pourquoi vous mettre en colère ? Et être ainsi sur la défensive ? C'est vous qui lui avez rendu visite ?

– Je vais appeler vos supérieurs et vous poursuivre pour diffamation, explosa Joe Cromarty.

Hamish sortit de ses gonds.

– S'il n'y avait rien entre Miss Beattie et vous, pourquoi vous vous emportez ?

– J'en ai marre des ragots. Les gens n'arrêtent pas de jaser les uns sur les autres.

– On va procéder autrement. J'ai entendu dire

que lors de la journée des parents d'élèves, vous vous en étiez pris à Miss McAndrew.

– C'était justifié. Geordie est un élève brillant et elle ne lui a mis qu'un B à son contrôle d'histoire, alors qu'elle a donné un A à Penny Roberts qui est loin d'être une flèche. Et puis elle n'a pas voulu de lui dans le spectacle de fin d'année. Je l'ai accusée de favoritisme. Elle retenait toujours Penny après les cours pour bavarder un peu. Penny a dit à Geordie que la vieille la débectait.

– Vous savez où habite Penny Roberts ?

– Sur la route côtière, avant d'arriver chez Miss McAndrew. La maison s'appelle Highland Home.

En sortant de la quincaillerie, Hamish s'aperçut qu'il avait faim. Il prit son portable pour appeler Angela Brodie, la femme du médecin, et lui demanda de lui rendre service en allant promener Lugs. Au moment où il rangeait son téléphone dans sa poche, on lui tapa sur l'épaule, il se retourna et tomba nez à nez avec Elspeth.

– Vous progressez ?

– Lentement. Et vous, ça va ?

– J'ai faim. Venez, on va manger quelque part et je vous dis ce que j'ai trouvé.

– Où est Pat ?

– Le patron l'a appelé en lui disant qu'il y avait une exposition de fleurs séchées à Laird à couvrir.

– Avec les deux meurtres qu'on a ici, c'est curieux.

– Pas pour Sam. Les expositions de fleurs avec plein de noms et de photos font beaucoup plus vendre à long terme. Les meurtres seront couverts de toute façon par la presse nationale et la télévision.

– Ils sont déjà là, dit Hamish en voyant les paraboles qui étaient installées et les câbles qui sortaient des camionnettes et serpentaient à travers la rue, en face de la poste.

– Bien. Il y a une auberge un peu plus au nord où on mange bien.

– Laquelle ?

– Le Clachan. Ma voiture est juste là.

Hamish jeta un œil autour de lui au cas où Blair rôderait dans le coin, mais il n'y avait que des policiers en uniforme qui faisaient une enquête de voisinage.

Ils sortirent de Braikie et prirent la direction du nord. La route côtière était plus accidentée et se réduisait à une seule voie avec de l'herbe qui poussait au milieu. Au bout de quelques kilomètres, Elspeth bifurqua à droite et prit une allée sinueuse bordée de gros massifs de rhododendrons.

– C'était la demeure du colonel Hargreaves, constata Hamish.

– Il souffrait de rhumatismes et mettait ça sur le compte du climat. Il a fini par vendre pour aller s'installer dans le sud. Un couple d'Anglais l'a achetée et transformée en hôtel-restaurant.

Elle se gara devant l'auberge et ils descendirent de voiture. C'était une bâtisse victorienne datant du XIXᵉ siècle, où la reine avait lancé la mode des villégiatures en Écosse. John Speir, le nouveau propriétaire, les fit entrer dans la salle du restaurant.

– Vous avez toute la salle pour vous, lui dit-il en les installant à une table près de la fenêtre. Mais ça ne va pas durer. Des journalistes d'un peu partout ont réservé des chambres. C'est épouvantable, ces meurtres, mais c'est bon pour le commerce. Ceci dit, comme l'été est fini, je ne m'attendais pas à avoir autant de clients et il n'y a qu'un menu.

Il leur tendit chacun la carte. Il y avait au choix deux entrées, deux plats et deux desserts. Ils choisirent la même chose : soupe écossaise, saumon poché et trifle aux cerises.

– Bon, dit Hamish. Qu'est-ce que vous avez ?

Les yeux gris d'Elspeth luirent d'un éclat argenté.

– Miss Beattie avait une liaison.

– J'en étais arrivé à cette conclusion, fit Hamish. Vous avez une idée de qui ça peut être ?

– Billy Mackay.

– Quoi ! Le facteur ? Mais il est marié.

– Pourquoi croyez-vous qu'elle tenait à tout prix à ce que ça ne se sache pas ?

Hamish fit mine de se lever.

– Il faut que j'aille le voir tout de suite.

– Rasseyez-vous. Vous auriez mis un temps fou à trouver si je ne vous l'avais pas dit.

– Et vous, qui vous l'a dit ?

– Je ne peux pas révéler ma source, répliqua-t-elle d'un ton pincé.

– D'accord. Comment vous l'avez appris ?
– À Braikie, je suis plus connue comme astrologue que comme journaliste et les gens sont très superstitieux. Une femme m'a demandé de lui lire les lignes de la main. Je lui ai sorti le baratin habituel puis je lui ai dit qu'elle cachait quelque chose sur Miss Beattie.
– Comment vous le saviez ?
– Une idée comme ça.
Mrs Harris, se dit Hamish. Je parie qu'elle le savait.
– Elle a pris peur et m'a demandé de ne pas lui jeter un sort si elle me le disait. J'ai promis que je ne le mentionnerais pas dans le journal.
– Mrs Harris sait donc que vous avez des origines tsiganes ?
Elspeth se décomposa.
– Comment vous avez deviné qu'il s'agissait de Mrs Harris ?
– Simple déduction. Espérons que les plats ne vont pas tarder. J'ai hâte d'entendre ce que le facteur a à dire.
Le repas était délicieux et ils se régalèrent. Elspeth ramena Hamish à Braikie. Il refusa qu'elle l'accompagne chez Billy Mackay, mais promit de la retrouver une heure plus tard devant la poste pour lui dire ce qu'il avait découvert.
Il se renseigna et apprit que Billy Mackay vivait dans un logement social situé en bordure de Braikie. Il se rendit chez lui. Une espèce de souillon

avec un tablier crasseux et des bigoudis dans les cheveux vint lui ouvrir.

– Mrs Mackay ?

– *Aye*, c'est moi.

– J'aimerais parler à votre mari.

– À quel sujet ?

– Simple enquête de routine.

– Il est à la pêche, comme d'habitude.

– Où ça ?

– Du côté de la Stourie. Juste au pied des chutes. Et dites-lui que l'évier est toujours bouché et qu'il peut rester autant de temps qu'il veut mais qu'il devra quand même le déboucher quand il rentrera.

Hamish toucha sa casquette et regagna la Land Rover. Il quitta Braikie et s'enfonça dans les collines. En été, les chutes de la Stourie étaient une attraction touristique, mais ce jour-là, le parking qui se trouvait en haut des chutes était quasi désert et seule une camionnette rouge de la poste était garée le long des rambardes.

Il dévala un sentier boueux qui longeait les chutes. Le jour tombait déjà et le soleil couchant illuminait la cascade de reflets rouges.

Dans le vacarme des chutes, Billy ne l'entendit pas arriver. C'était un petit homme trapu qui devait avoir une cinquantaine d'années. Hamish lui tapa sur l'épaule et il fit volte-face, visiblement bouleversé.

– Au parking, cria Hamish. On ne s'entend pas, ici.

Billy ramena sa ligne et le suivit docilement.

Une fois sur le parking, il se tourna vers Hamish, l'air défait. Il était brun, les cheveux fins, un nez bulbeux et des yeux bleus saisissants.

– C'est au sujet de Miss Beattie, hein ? dit-il. Ma femme va me tuer.

– Depuis quand vous aviez une liaison avec elle ?

– Une dizaine d'années.

– Mais vous n'aviez pas peur que quelqu'un l'apprenne ?

– On était très discrets. Comme je suis le facteur, les gens trouvaient normal de me voir à la poste. Je ne sais pas si on peut appeler ça une liaison. On discutait surtout. On avait une telle complicité. L'autre, à la maison, depuis que les enfants sont partis, elle se laisse aller et elle est sur mon dos du matin au soir.

Hamish se dit que les parents de Billy avaient dû lui parler en gaélique quand il était petit. Il parlait l'anglais parfait de celui qui avait commencé par traduire de tête à partir du gaélique.

– Quand avez-vous vu Miss Beattie pour la dernière fois ?

– La dernière fois, c'était il y a deux semaines.

– Pourquoi si longtemps ?

Billy baissa la tête.

– J'ai reçu une de ces saletés de lettres anonymes. L'auteur disait qu'il était au courant de notre liaison et que si je n'arrêtais pas de la voir, tout Braikie serait au courant. Je lui en ai parlé et on a eu peur tous les deux, alors on a décidé d'arrêter de se voir. Bon sang, si j'avais su que ça la pousserait au suicide, je n'aurais pas cherché à éviter le scandale.

Hamish soupira.

– Vous risquez d'avoir un choc, Billy. Miss Beattie a été assassinée.

– Mais elle s'est pendue !

– On l'avait droguée.

– Qui ?

Hamish était certain que Miss Beattie avait deviné qui était le corbeau et que Miss McAndrew l'avait tuée, puis que quelqu'un l'avait tuée à son tour. Et le principal suspect était Billy. Il allait devoir l'emmener pour l'interroger. Il savait que Mrs Harris n'était sans doute pas la seule à être au courant de la liaison.

– On ne va pas pouvoir étouffer l'affaire, Billy, lui dit-il gentiment. Il faut que je vous emmène au poste pour vous interroger.

Ce dernier haussa les épaules avec lassitude.

– En un sens, je suis content que ça sorte. J'étais fier d'être son ami. C'était une grande dame.

Soudain, il fut secoué de violents sanglots.

Hamish alla à la Land Rover et revint avec une flasque de brandy.

– Buvez un coup, Billy. Voilà, mon vieux. Je suis vraiment désolé pour vous.

Malheureusement pour Blair, Daviot se trouvait encore à l'unité mobile qui avait été installée devant chez Miss McAndrew quand Hamish débarqua avec Billy et expliqua pourquoi il l'avait interpellé.

– On va l'emmener à Strathbane, dit Daviot. Anderson, venez avec nous. L'inspecteur-chef Blair restera ici pour superviser l'enquête en cours. Il vaut mieux que vous veniez avec nous, Hamish.

Blair tira une tête de six pieds de long. Il savait que quand le patron appelait Macbeth par son prénom, c'est que l'agent était en odeur de sainteté.

À Strathbane, l'interrogatoire fut long. Mais dès le début il apparut que le samedi soir où Miss Beattie avait été tuée, Billy se trouvait à une réunion d'anciens camarades de l'armée, à Strathbane, et qu'il n'était rentré qu'au petit matin. On avait vérifié son alibi. Il passerait cependant la nuit en cellule pour être encore interrogé. Il était désormais suspect dans le meurtre de Miss McAndrew. On le garderait jusqu'à ce que l'autopsie ait établi l'heure du crime.

En sortant du commissariat, Hamish trouva Elspeth qui l'attendait sur le trottoir.

– Vous m'avez posé un lapin, l'accusa-t-elle.

– On va manger un morceau et je vous raconterai, lui répondit Hamish.

Au restaurant italien Jenny était assise seule à une table, et Pat à une autre. Pat finit par lui lancer :

– On m'a posé un lapin.
– Moi aussi, répondit Jenny d'un ton morose.
– On pourrait dîner ensemble, non ? suggéra Pat.
– Pourquoi pas, dit Jenny en haussant les épaules.

# 4

« Si je crains la mort ? – de sentir le
brouillard dans ma gorge,
La brume sur mon visage. »

Robert Browning

Jenny mit du temps à s'endormir. Pat lui avait parlé des meurtres de Braikie. Hamish avait donc dû oublier qu'il était censé dîner avec elle, c'était compréhensible. Mais ça l'énervait. S'il avait eu rendez-vous avec Priscilla, songea-t-elle avec dépit, il aurait au moins téléphoné pour la prévenir. Elle avait passé un bon moment avec Pat. C'est vrai, il était drôle et séduisant, mais il ne rendrait pas Priscilla jalouse. Jenny voyait d'ici son œil moqueur. Un journaliste ? D'un journal local ? Et qu'est-ce que tu fais à Lochdubh, pourquoi tu ne m'as rien dit ?

Ce silence de mort ! C'en était suffocant. Elle sortit du lit et alla à la fenêtre ouvrir les rideaux.

Un épais mur de brume était plaqué contre la vitre. Une sourde angoisse l'envahit soudain. Le monde entier semblait être voilé d'un brouillard maritime. Et quelque part dans la brume, il y avait un meurtrier.

Jenny retourna se coucher. Ce voyage était une terrible erreur. Elle partirait le lendemain matin.

Hamish Macbeth lui non plus n'arrivait pas à dormir. Il se rappela subitement qu'il avait oublié son dîner avec Jenny. Puis ses pensées tourmentées le ramenèrent aux meurtres. Les gens lui avaient envoyé les lettres anonymes qu'ils avaient reçues. Mais il soupçonnait qu'on lui avait uniquement transmis celles dont les accusations étaient dépourvues du moindre fondement. Quelqu'un, quelque part, avait reçu une lettre de Miss McAndrew qui faisait allusion à un secret que son destinataire voulait taire à tout prix. Et il y avait tellement de suspects ! Jimmy Anderson l'avait appelé avant qu'il ne se couche pour lui dire que l'on avait retrouvé dans les affaires de Miss Beattie son acte de naissance qui prouvait qu'elle était bien une enfant légitime. Elle avait également fait un testament qui léguait la totalité de ses biens à Billy Mackay. Il pensa à Jenny Ogilvie. Il fallait qu'il se renseigne sur elle. C'était curieux qu'une aussi jolie fille choisisse de passer ses vacances à Lochdubh à cette époque de l'année. Il décida de l'interroger dès le lendemain matin avant d'aller à Braikie.

Elspeth elle aussi était réveillée et pensait également à Jenny. Elle soupçonnait que la jeune femme n'était pas une touriste comme une autre. Jenny courait après Hamish Macbeth. Pour quelle raison ? Ce n'était pas un coup de foudre. La première fois que Jenny avait vu Hamish, elle avait été déçue, Elspeth en était sûre. Il fallait qu'elle se renseigne, songea Elspeth dans un demi-sommeil.

Au matin, le silence régnait, l'épaisse brume qui enveloppait les berges du loch étouffait tous les bruits. Hamish appela de nouveau Angela pour lui demander de s'occuper de Lugs. Cette fois, le chien tira sur sa laisse, impatient de partir, et dès qu'il vit Angela, il remua sa ridicule queue en panache et lui sauta dessus en aboyant gaiement. Je n'arrive même pas à conserver l'affection de mon chien, soupira-t-il intérieurement après avoir remercié Angela. Puis il se rendit au Sea View pour interroger Jenny.

On lui dit qu'elle prenait son petit déjeuner et il alla dans la petite salle à manger.

– Bonjour, dit Hamish en ôtant sa casquette et en s'asseyant en face d'elle. Je suis là à titre officiel mais tout d'abord, je tiens à m'excuser d'avoir oublié notre dîner hier soir. Le devoir m'appelait.

Jenny hocha la tête puis demanda :

– C'est-à-dire, à titre officiel ?

– Je dois interroger tout le monde dans le cadre de mon enquête. Aviez-vous des attaches à Lochdubh avant de venir ou connaissez-vous quelqu'un qui ait des attaches à Lochdubh ?

– Non, répondit aussitôt Jenny avant de tripoter un bout de toast.

– En ce cas, pourquoi avoir choisi de passer vos vacances à Lochdubh ?

– Je voulais partir loin. J'ai choisi au hasard en plantant une épingle dans une carte.

Pourquoi ment-elle ? se demanda Hamish en regardant sa tête baissée, la rougeur coupable qui envahissait son cou, ses doigts nerveux qui effritaient à présent le toast.

Il sortit son carnet.

– Je peux avoir votre adresse ?

– 7A Crimea Road, Battersea.

– Et où travaillez-vous, déjà ?

Jenny le regarda fixement. Que lui avait-elle dit ?

– Je... je ne... je ne tr-travaille pas, bredouilla-t-elle. J'ai préféré ne pas le dire, la dernière fois. Papa et maman me versent une pension généreuse, voyez-vous. Je ne suis pas obligée de travailler et j'ai un peu honte d'être aussi oisive.

– Et où habitent Mr et Mrs Ogilvie ?

– Chipping Norton.

– Dans les Cotswolds ?

– Oui.

– Adresse ?

– Écoutez, c'est vraiment nécessaire ? protesta désespérément Jenny. S'ils apprennent que je suis dans le coin où il y a eu un double meurtre, ils vont se faire un sang d'encre.

– Donc, vous êtes au courant des meurtres.

– Oui, j'ai dîné avec Pat Mallone. Il m'a tout raconté.

– OK. L'adresse de vos parents ?

– Manor Farm, Sheep Street, Chipping Norton.

– Numéro de téléphone ?

– Je ne le connais pas par cœur.

Hamish referma son carnet.

– Je vous tiens au courant.

Il partit brusquement et Jenny poussa un soupir de soulagement.

Son soulagement s'évanouit lorsque cinq minutes plus tard, Hamish réapparut et se rassit.

– Bien, Miss Ogilvie – il ne l'appelait plus Jenny –, j'ai parlé à vos parents. Ils ne savent pas que vous êtes ici. De plus, ils disent que vous travaillez chez Camber Stein, une société informatique de la City. Camber Stein a confirmé que vous êtes en congé. Pourquoi m'avez-vous menti ?

– Je… je… je…

– J'ai une amie qui travaille chez Camber Stein. Priscilla Halburton-Smythe. Vous la connaissez ? Fini les mensonges.

– Oui, marmonna Jenny.

– Elle sait que vous êtes là ?

– Non. Elle a beaucoup parlé de Lochdubh. J'avais des congés à prendre et je me suis décidée à la dernière minute. Je n'ai pas eu le temps de le lui dire.

Hamish se renversa sur sa chaise et la dévisagea.

– Ç'aurait été normal de la prévenir. Elle a grandi ici, c'est mon ex-fiancée, ses parents possèdent l'hôtel du coin. Pourquoi ne pas l'avoir fait ?

– Je vous l'ai déjà dit, je n'ai pas eu le temps, cria Jenny.

– Vous vous intéressez beaucoup à moi depuis votre arrivée, dit lentement Hamish. Je ne fais pas l'objet d'une plaisanterie quelconque entre Priscilla et vous, au moins ?

– Non, non. Promis, elle ne sait pas que je suis là.

– Je vais vérifier. Je reviens. Ne bougez pas.

Hamish ressortit, prit son téléphone, appela la société informatique et demanda Priscilla.

Dès qu'il entendit sa voix impassible à l'autre bout du fil, son cœur fit un bond.

– C'est Hamish, dit-il.

– Hamish ! Ça fait une éternité que je n'ai pas eu de tes nouvelles !

– Tu connais une certaine Jenny Ogilvie ?

– Oui, bien sûr. Je travaille avec elle et c'est une amie. Pourquoi ça ?

– Elle est là.

– Quoi ? À Lochdubh ?

– *Aye.*

– Je n'y crois pas. Elle est venue chez moi la semaine dernière. Pourquoi elle ne m'a rien dit ?

– C'est ce que je me suis demandé aussi.

D'abord, elle a prétendu travailler pour une autre société. Puis elle a dit qu'elle ne travaillait pas et que ses parents l'entretenaient. Ensuite, elle a raconté qu'elle était venue sur un coup de tête. Sans vouloir être prétentieux, j'ai l'impression que cette fille me court après.

Il y eut un silence, puis Priscilla dit lentement :

– Je lui ai parlé de toi. Je crois qu'elle est un peu jalouse de moi. Elle s'est peut-être dit que si elle arrivait à te mettre le grappin dessus, ça m'énerverait.

De nouveau, le cœur de Hamish fit un bond.

– Je vais m'en débarrasser.

– Non, ne lui gâche pas ses vacances, dit Priscilla après un silence. Elle n'a pas eu de chance avec les hommes, elle choisit systématiquement des salauds. Elle est très gentille, en fait. Quand j'ai eu la grippe, l'hiver dernier, elle est venue s'occuper de moi et m'a fait toutes les courses.

– Ton fiancé aurait pu s'en charger.

– Peter n'avait pas le temps. Il travaille beaucoup. Elle peut peut-être t'aider dans cette affaire.

– Quoi ? Elle ? Cette fille est cinglée, Priscilla.

– Elle a le don de faire parler les gens. Dans le métro, les passagers lui racontent leur vie.

– Ça grouille de policiers, ici. Je n'ai pas besoin de son aide, répliqua sèchement Hamish avec l'accent plus prononcé qui trahissait son agacement.

Mais qu'est-ce qu'il croyait ? Que Priscilla sauterait dans le premier avion pour avoir une explication avec Jenny ? Il avait rompu les fiançailles avec Priscilla car il la trouvait trop distante. Il n'allait tout de même pas remettre ça.

– C'est toi qui vois.

– En effet, oui. Le mariage est pour quand ?

– On l'a encore repoussé. Peter est complètement débordé. Je te dirai ça.

– J'y compte bien. Bon, j'ai du travail. À bientôt.

Hamish raccrocha et contempla sombrement le quai brumeux. L'épais brouillard s'agitait et tourbillonnait comme une armée de fantômes appelés à rentrer chez eux.

Il poussa un soupir puis regagna l'intérieur et retourna s'asseoir en face de Jenny.

– Je ne veux plus de mensonges, dit-il. Je viens de parler à Priscilla.

– Oh non, fit-elle, le visage cramoisi et ses grands yeux remplis de larmes. Je vais partir aujourd'hui.

Hamish se radoucit.

– C'est inutile. Oublions tout ça. Profitez de vos vacances.

Il se leva et sur un coup de tête, se pencha pour l'embrasser sur la joue.

Après son départ, Jenny posa lentement la main sur la joue qu'il avait embrassée.

Mrs Dunne entra d'un air affairé pour débarrasser le petit déjeuner.

– Qu'est-ce qu'il voulait, Hamish ?

– Me demander ce que je faisais ici, répondit

Jenny. Je crois que je fais une allergie, ajouta-t-elle en se tamponnant les yeux avec un mouchoir.

– Bonjour ! lança Pat Mallone en déboulant soudain dans la salle.

– Je vais vous demander de vider les lieux, tous les deux, déclara Mrs Dunne. Il est grand temps que je nettoie la salle à manger.

– Pas de souci, répliqua Pat d'un ton enjoué. On s'en va. Tu as de quoi te couvrir ?

– Oui, répondit Jenny en prenant son nouvel anorak sur la chaise d'à côté avant de lui emboîter le pas dehors. Où allons-nous ? Je pensais partir aujourd'hui.

– Impossible. On a deux meurtres à résoudre.

– Ce n'est pas le boulot de Hamish ?

– Quoi ? Le flic du coin ? À mon avis, on surestime ce type. On va aller à Braikie interroger les gens. On m'a chargé de donner un peu de couleur locale et de planter le décor. Le *Bugle* a commandé un portrait de Braikie au patron. C'est l'occasion ou jamais de me distinguer dans un grand quotidien.

En arrivant à Braikie, Hamish décida d'aller interroger Penny Roberts, la chouchoute de la principale. Il savait que s'il demandait à Arkle, il s'entendrait dire qu'il perturbait les cours. Il entra dans le collège et frappa à la porte vitrée de la secrétaire, Freda Mather.

Il entendit un timide « entrez » et ouvrit la porte.

Freda blêmit en le voyant et chancela sur sa chaise. Il s'empressa de faire le tour du bureau.

– Respirez à fond, mon petit. Voilà. Vous n'avez aucune raison de vous inquiéter, la rassura-t-il.

Elle prit une grande bouffée d'air.

– Ça va mieux. Promis. Quand je vous ai vu, j'ai tout de suite pensé qu'il y avait eu un autre meurtre.

– Quelle idée.

– Je sais, c'est idiot. Mais l'atmosphère est si pesante, avec tous ces soupçons et ces menaces. Je suis désolée. Qu'est-ce que je peux faire pour vous ?

– J'aimerais parler en privé à Penny Roberts.

– Ça ne plaira pas à Mr Arkle.

– Où est Mr Arkle ?

– Il est absent aujourd'hui. Il est à une réunion du conseil d'établissement.

– En ce cas, ne vous tracassez pas pour lui, déclara Hamish avec force. Et ce qu'il ne sait pas ne peut pas le contrarier.

– Il ne faut pas que ses parents soient présents ?

– Ce n'est pas comme si on l'accusait de quoi que ce soit. Votre présence suffit.

Freda se leva pour aller regarder les emplois du temps des classes punaisés au mur.

– Penny est en cours d'arts plastiques, ce n'est pas son point fort. Je vais aller la chercher.

Hamish patienta. Des pas résonnèrent dans le couloir. Après avoir interrogé Penny, se dit-il, il se procurerait les adresses des professeurs et leur rendrait visite à la fin des cours. Il repensa à l'appréciation qui figurait souvent sur ses bulletins scolaires : « Brillant mais paresseux. » Ses professeurs ne lui avaient jamais vraiment pardonné d'être premier dans quasiment toutes les matières sans fournir apparemment le moindre effort. Il se demanda si Penny se révélerait être une tête. Les professeurs préféraient les bûcheurs.

La porte s'ouvrit et Freda fit entrer une adolescente. Elle était extrêmement belle. Elle avait de beaux cheveux bruns, un teint parfait et de grands yeux bleus. Elle portait l'uniforme du collège : jupe plissée et pull gris, assortis d'une chemise bleue et d'une cravate rayée. Hamish remarqua aussi que la jupe était très courte et qu'elle avait des collants noirs fins et ces grosses chaussures à semelles épaisses qui ressemblent à des bottes de plongée.

Freda leur sortit deux chaises et se rassit anxieusement derrière son bureau.

– Je suis l'agent Hamish Macbeth.

– Je sais, les nouvelles vont vite.

Penny lui sourit de ses yeux incroyables et rejeta une mèche de cheveux brillants derrière son épaule.

– Bien, Penny, j'irai droit au but. J'essaie de rassembler autant d'éléments que possible sur la personnalité de ta défunte directrice.

– Principale.

– Comme tu veux. Vois-tu, la personnalité de la victime peut aider la police à déterminer les raisons pour lesquelles elle a été tuée. J'ai cru comprendre que tu étais une de ses préférées.

– *Aye*. Elle était super collante, dit Penny avec une insouciance presque adulte.

– Parle-moi d'elle.

Penny haussa les épaules.

– Elle trouvait toujours des prétextes pour m'inviter chez elle. Elle disait que j'étais promise au plus bel avenir. Elle n'arrêtait pas de raconter que j'avais besoin de cours de soutien en telle ou telle matière. Moi, je lui disais que je ne voulais pas moisir le reste de ma vie dans un patelin comme Braikie. Ah oui, je me rappelle. Un jour, elle a piqué une crise. Je lui ai dit que je ne voulais pas aller à la fac. À Strathbane ! Y a que des étudiants boutonneux. C'est un trou – elle rejeta de nouveau une mèche, croisa ses longues jambes, jeta un coup d'œil en biais. Je lui ai annoncé que je voulais être présentatrice télé et elle a pété un câble.

– Penny ! la gronda Freda.

– Pardon. Mais elle hurlait carrément. Elle a dit qu'à la télévision, y aurait plein d'hommes qui se jetteraient sur moi. « Et alors, c'est quoi le problème ? », je lui ai dit et elle m'a virée de chez elle. Mais elle m'a envoyé des fleurs le lendemain en s'excusant.

– Tes parents ne trouvaient pas que son comportement était… étrange ?

– Oh, papa et maman considèrent les profs comme des dieux. Ils ne voyaient rien de mal à ça.

– Il ne t'est jamais venu à l'idée qu'elle était peut-être lesbienne ?

La réflexion plissa le beau front de Penny.

– Non. Enfin, elle n'avait pas l'air grecque.

Cette jolie cervelle conservait donc une part d'innocence, songea Hamish.

– De toute façon, tu l'apprendras tôt ou tard. Apparemment, Miss McAndrew était l'auteur des lettres anonymes. Tu savais que c'était elle ?

Pour une fois, Penny parut ébranlée.

– Je ne me serais jamais doutée, répondit-elle. C'est vrai, qui aurait pensé qu'une principale ferait un truc pareil ? Ceci dit, elle avait toujours une dent contre quelqu'un, elle n'arrêtait pas de se plaindre.

– Lui arrivait-il de se plaindre de Miss Beattie ?

– Oui. Attendez, que je réfléchisse. Elle disait que sa conduite était scandaleuse. Ah oui, et il y a autre chose de bizarre.

– Quoi ?

– Je vous le dis si vous ne le répétez pas.

– Penny, je te promets que rien de ce que tu me diras ne sortira de ces quatre murs – à moins, évidemment que ça ait un rapport direct avec le meurtre.

– Voilà. Geordie Cromarty…

– Le fils du quincailler.

– C'est ça. Un soir, il m'a appelée et m'a dit que si je sortais en cachette, il m'offrirait un fish and chips. J'étais au régime, vous voyez. Si on veut rentrer à la télé, il faut être mince. J'avais la dalle, alors j'ai accepté. Je suis passée par la fenêtre de ma chambre et je l'ai retrouvé dans la rue principale.

– Il était quelle heure ?

– C'était juste avant onze heures. Il m'a dit de me dépêcher parce que le fish and chips fermait à onze heures. Alors, on y est allés et vous savez comment c'est le soir, Braikie. C'est mort. La devanture du fish and chips était éclairée et c'est là que j'ai vu une silhouette vêtue d'une cape qui arrivait en face. « Il y a quelqu'un », j'ai dit. Alors on s'est cachés sous un porche. Elle est passée devant nous. Elle avait une grande cape noire avec la capuche baissée. Et puis un coup de vent a rabattu la capuche. C'était elle, et elle avait l'air super bizarre.

– Miss McAndrew ?

– Oui. Elle marmonnait entre ses dents. Je vous assure, ça nous a foutu les jetons. On a attendu d'être sûrs qu'elle soit partie avant de sortir du porche et le temps qu'on arrive au fish and chips, il avait fermé.

– Tu ne t'es pas étonnée que ton ancienne principale se comporte aussi étrangement ?

– Si vous voulez mon avis, les adultes sont tous bizarres, déclara Penny avec toute la brutalité de la jeunesse. Moi, je ne serai pas comme ça.

– C'était quand exactement ?

– Il y a quelques jours. Je ne me souviens plus quand.

Hamish lui posa encore quelques questions puis la renvoya.

Il se tourna vers Freda.

– Vous trouviez que Miss McAndrew était bizarre ?

– Non. Je vous l'ai dit, je la trouvais tyrannique. C'est vrai, je pensais qu'elle avait une affection excessive pour Penny, mais il arrive que des professeurs aient le béguin pour certains élèves. Ça reste innocent. Parfois, c'est l'inverse – un sourire releva le coin de ses lèvres pâles. Cela dit, je vois mal sur qui on pourrait craquer, dans ce collège.

Après l'avoir remerciée, Hamish s'en alla. Il s'assit sur un muret devant le collège et griffonna rapidement quelques notes.

Miss McAndrew avait eu de nombreux élèves dans sa carrière, elle les avait vus grandir, connaissait peut-être leurs secrets. Elle avait dû découvrir quelque chose de dévastateur. Il referma son carnet en soupirant. Il fallait qu'il retourne au collège pour demander à voir Geordie.

Freda avait repris des couleurs quand elle ramena Geordie pour que Hamish l'interroge. Si seulement cette fille se trouvait un autre boulot, songea Hamish. D'un autre côté, peut-être avait-elle systématiquement tendance à attirer les bourreaux.

Geordie Cromarty était petit, le teint mat. Il avait le front bas et les cheveux aussi foncés que Penny. Ses yeux étaient du même gris argenté que ceux d'Elspeth. On attribuait souvent aux gens qui avaient ces yeux-là le don de double vue. Hamish pensa au voyant de Lochdubh, Angus Macdonald.

Il pouvait peut-être lui rendre visite après, histoire de voir s'il n'avait pas entendu quelque chose. Hamish était sûr que la plupart des prédictions d'Angus étaient basées sur des commérages.

– Bien, Geordie, commença Hamish. Penny me dit qu'un soir, à Braikie, alors que vous étiez tous les deux, vous avez vu Miss McAndrew se comporter bizarrement.

– *Aye*, on aurait dit qu'elle sortait d'un film d'horreur, avec une grande cape et tout.

– Penny a oublié quel jour c'était. Tu te souviens, toi ?

– *Aye*. C'était la veille du jour où la vieille de la poste s'est foutue en l'air.

– Je te rappelle que Miss Beattie a été tuée.

– Ah ouais ? Trop cool !

– Miss McAndrew a continué à descendre la rue ?

– On s'est pas arrêtés pour checker, répondit Geordie qui s'exprimait dans un curieux mélange de dialecte des Highlands et d'américanismes inspirés des films.

– Tu avais des ennuis avec Miss McAndrew ?

– Tout le temps. Elle me disait de ne pas m'approcher de Penny. Elle disait que Penny méritait mieux.

– Et qu'est-ce que tu répondais à ça ?

Geordie le lorgna d'un œil méprisant.

– Quand on se fait engueuler par une vieille, on dit : « Oui, miss. Non, miss. Bien, miss. »

– Est-ce que Penny était embarrassée par les attentions de Miss McAndrew ?

– Elle avait toujours la meilleure note aux contrôles. Je crois que Miss McAndrew falsifiait souvent ses copies.

– C'est Penny qui te l'a dit ?

– Nan, juste une idée comme ça.

– Ton père en voulait à Miss McAndrew, n'est-ce pas ?

– *Aye*, elle m'a collé une sale note à un contrôle. C'était en histoire. Je suis bon dans cette matière. Il a exigé de voir la copie et elle a refusé de la lui montrer, alors il a dit qu'il allait écrire au conseil d'administration. Mon père pense qu'elle se vengeait sur moi à cause de Penny.

– Si tu entends quoi que ce soit, Geordie, dis-le-moi, ça peut être important.

À voir la tête de Geordie, on aurait dit qu'on venait de lui épingler une étoile de shérif. Il souriait jusqu'aux oreilles.

– OK, chef. Vous pouvez compter sur moi.

Après le départ de Geordie, Freda s'étonna :

– Je trouvais que Miss McAndrew était un tyran, mais je n'aurais jamais imaginé qu'elle trichait.

– Il semblerait bien que ce soit le cas.

Hamish la remercia encore une fois et s'en alla. Il sortit du collège et longea la rue tranquille bordée d'arbres qui menait à l'artère principale. À l'angle se dressait le foyer communal. Il regarda par la fenêtre. La salle était pleine de gens qui regardaient la télévision, jouaient aux cartes, lisaient ou bavardaient simplement. Il poussa la porte et entra.

– Qui est le responsable ? demanda-t-il à une vieille dame en fauteuil roulant.

– Mr Blakey, là-bas.

Mr Blakey était un monsieur tout maigre au visage couvert de sueur. Il ne faisait pas particulièrement chaud dans la salle. Hamish remarqua qu'il avait un tic au coin de la bouche et que ses ongles étaient rongés au sang. Sa transpiration devait être due à un trouble nerveux. Mr Blakey, comme il devait le découvrir, vivait dans une sorte de forêt tropicale.

– Mr Blakey ?

– C'est moi.

Mr Blakey sortit un mouchoir humide de sa poche et s'épongea le front.

– Vous vous réunissez souvent, ici ?

– C'est ouvert tous les matins. Et deux fois par semaine, le lundi et le vendredi, on passe des vidéos le soir.

– C'est pour une dame qui s'appelle Mrs Harris. Elle a l'air très seule. J'aimerais bien l'amener.

– Ce vendredi, ça vous irait ? suggéra Mr Blakey. On passe *Green Card* à dix-neuf heures. Je n'ai pas les moyens d'acheter de nouveaux films.

– Et vous les payez de votre poche, j'imagine, dit Hamish, reconnaissant dans cet homme maigre et nerveux un véritable bon samaritain comme il y en a peu dans ce monde.

– Disons que les caisses ne sont pas bien riches.

– Vous travaillez ici à plein temps ? Vous avez quoi, une cinquantaine d'années ? C'est encore jeune, à notre époque.

– J'ai travaillé à la banque pendant des années. J'ai fait une dépression nerveuse. Ça m'occupe.

– Je viendrai vendredi, dit Hamish. J'ai une quantité de films que je n'aurai pas l'occasion de revisionner chez moi. Je vous les apporterai.

Mr Blakey le remercia puis Hamish se rendit chez Mrs Harris et lui parla du club du troisième âge.

– Amy – Miss Beattie – me tannait pour que j'y aille, mais je ne voulais pas me retrouver qu'avec des vieux.

– Ça vous fera de la compagnie. Ils passent un film vendredi soir. Je vous emmènerai.

– Je ne sais pas...

– Essayez toujours. Je passe vous chercher vendredi à dix-huit heures quarante-cinq. Comme ça, vous ne serez pas obligée d'y aller par vos propres moyens.

Elle accepta à contrecœur. Hamish n'était pas seulement animé par des motifs altruistes. Il était sûr qu'un club du troisième âge était l'endroit idéal pour glaner des ragots.

Pat Mallone passa une journée agréable en compagnie de Jenny. Ils visitèrent plusieurs sites remarquables, déjeunèrent, puis se promenèrent dans les rues de Braikie, où il interrogea des passants sans grand enthousiasme. Ce n'est que de retour au bureau, après avoir déposé Jenny, qu'il s'aperçut qu'il n'avait pas suffisamment de matériau pour un article. Son patron, Sam, lui jeta un regard noir. Pat avait fait des débuts prometteurs, mais Sam avait remarqué qu'il commençait à bâcler le travail.

– Va à Lairg voir où en est le prix du mouton, lui ordonna-t-il. Il faudra partir tôt.

– Et Braikie, alors ?

– J'enverrai Elspeth.

– Mais je peux le faire !

– Je t'avais donné une chance, tu l'as laissée passer.

À la fin d'une journée pénible où il avait l'impression de ne pas avoir avancé, Hamish récupéra Lugs qui n'avait visiblement aucune envie de rentrer. Il décida de mettre son plus beau costume et d'inviter Jenny à dîner dans l'espoir – qu'il ne voulait pas s'avouer – que Priscilla l'apprenne.

Il brossa ses cheveux roux pour les faire briller, puis enfila son unique costume de Savile Row déniché dans une friperie de Strathbane, noua une cravate en soie sur sa chemise blanche et se dirigeait vers la porte de la cuisine, lorsqu'elle s'ouvrit sur Elspeth.

– Vous ne pourriez pas frapper ? demanda Hamish.

– Je vous ai entendu arriver. Ma parole, vous êtes très élégant. J'ai bien fait de me faire belle.

– Pourquoi ?

Elspeth portait un long manteau en fausse fourrure sur une robe grise vaporeuse. Elle avait troqué ses grosses bottines contre des sandales noires à talons hauts.

– Parce que je vous invite à dîner, répondit Elspeth avec un sourire.

– Je comptais inviter Jenny.

– Pas de bol. Elle a déjà dîné et va se coucher tôt.

– Comment vous savez ça ?

En fait, Elspeth avait croisé Jenny alors que celle-ci se rendait au poste de police pour voir Hamish. Avec l'aplomb légendaire des Highlanders, elle lui avait allègrement menti en disant que Hamish était coincé à Braikie jusque tard dans la soirée et Jenny lui avait répondu qu'en ce cas, elle accepterait l'invitation à dîner de Mrs Dunne, puis irait se coucher avec un bon livre.

– C'est elle qui me l'a dit, répondit gaiement Elspeth. Allez, venez.

Sur le quai, Hamish lorgna d'un œil soupçonneux la jeune femme qui marchait d'un pas léger à ses côtés. La brume était tombée et de petites gouttes perlées brillaient dans ses cheveux.

Ils furent accueillis au restaurant italien par Willie Lamont, le serveur, qui était un ancien de la police.

– La table devant la fenêtre est libre, leur dit-il. Je vais lui redonner un coup de chiffon.

– Elle est très bien comme ça, protesta Hamish, agacé comme toujours par l'obsession de la propreté de Willie et le vague sentiment d'avoir été kidnappé par Elspeth.

Willie brandit un spray nettoyant au-dessus de la table.

– Juste un petit coup, supplia-t-il.

– Bon, vas-y, lui lança Hamish d'un ton impatient. Reculez, Elspeth. Ce type doit avoir de la cire plein les poumons.

Willie astiqua consciencieusement la table. Enfin, ils purent s'asseoir.

– C'est de pire en pire, soupira tristement Hamish. Du temps où il y avait les toiles cirées à carreaux, il les frottait tellement qu'elles ont fini par déteindre. Maintenant que ce sont des tables en bois, on sent à peine le goût de ce qu'on mange à cause de l'odeur d'encaustique.

– C'était votre adjoint, non ? Il était comment, comme policier ?

– Un désastre. Il n'allait jamais sur le terrain, soit il traînait au restaurant pour faire la cour à Lucia, soit il était occupé à lessiver le poste du sol au plafond.

Lucia, qui était une parente du propriétaire italien, avait fini par épouser Willie.

– Visiblement, Lucia est heureuse avec lui.

– Tu m'étonnes ! Elle ne lève pas le petit doigt dans la maison. Qu'est-ce que vous prenez ?

– Je ne suis pas d'humeur aventureuse ce soir. Je vais simplement commander des spaghettis bolognaise avec une salade et du pain à l'ail.

– Moi aussi.
– Et on prend un pichet de vin de la maison.
– Ça marche.
– Il faut que j'aille à Braikie demain, dit Elspeth une fois que la commande fut prise. Pat était censé écrire un portrait de Braikie pour un grand quotidien, mais il a passé la journée à faire du gringue à Jenny, du coup, c'est moi qui m'y colle.
Ça m'étonne qu'il n'ait pas sauté sur l'occasion. Il a de grandes ambitions. Heureusement pour lui, le papier était censé paraître en semaine, mais ils ont décidé de le publier dans l'édition du dimanche.
– Vous avez une idée de ce que vous allez mettre ?
– Oh, je vais titrer quelque chose comme Le Village qui vit dans la peur, vous voyez le genre.
– J'aimerais autant que vous évitiez d'envenimer les choses. Le soir, derrière les rideaux tirés, les gens de Braikie risquent de jaser, en étant persuadés de connaître le coupable. Le village ne tardera pas à être submergé par la malveillance, la rumeur et la rancune.
– Oui, mais je peux peut-être dénicher quelque chose.
– Qui sait, vous aurez peut-être une nouvelle expérience paranormale.
Elspeth frémit. Un jour, elle s'était évanouie chez Patel alors qu'un meurtrier se trouvait dans l'épicerie. Elle ne voulait pas revivre ça.
– En parlant de ça, poursuivit Hamish, je pensais aller voir Angus demain matin.

– Pourquoi ça ? Je suis sûre que notre voyant n'est qu'un vieux charlatan.

– Peut-être bien, mais il entend des choses. J'ai parlé à Priscilla. Jenny est une amie à elle.

Ah, se dit Elspeth. Elle est venue draguer Hamish, histoire d'énerver Priscilla.

Leurs plats arrivèrent à ce moment-là. Elspeth attendit que Willie se fût éloigné, puis demanda :

– Comment s'est passé votre échange ?

– Bien. Elle m'a dit que Jenny avait le don de faire parler les gens.

– Un Sherlock Holmes ne vous suffit pas ?

– Des fois, j'ai l'impression qu'il m'en faudrait cinquante.

– Les langues vont finir par se délier.

– Oh ça, pour se délier, elles vont se délier. Les gens vont répandre des rumeurs et des médisances, tant et tant que dans leur for intérieur, ils penseront que leurs soupçons ne sont pas infondés. Mais que se passera-t-il s'ils découvrent que le coupable est l'un des leurs, pour ainsi dire, quelqu'un qu'ils aiment bien, qu'ils voudront soustraire à l'enquête ? Braikie se murera dans le silence.

– Pas nécessairement. Vous pensez à Miss McAndrew. Il est probable que beaucoup de gens la détestaient. Son adoration pour Penny devait agacer pas mal de parents qui estimaient sans doute que leurs enfants étaient lésés. Vous oubliez Miss Beattie. Je me suis rendu compte que tout le monde l'aimait.

– Sa liaison n'a pas entamé sa réputation ?

– Non. Les gens aiment bien Billy Mackay, le facteur. Mais pas sa femme.

– Vous avez fait d'autres découvertes au village ? Quelqu'un qui aurait eu un comportement suspect ? Ou qui aurait été aperçu sur la route qui mène chez Miss McAndrew ?

– Non, rien. Ah, j'oubliais. Il y a un club du troisième âge à Braikie.

– Je sais, répondit Hamish. J'y emmène Mrs Harris vendredi, vous savez, la vieille dame qui a découvert le corps de Miss Beattie. Elle est très seule, il faut qu'elle sorte de chez elle. Et puis je glanerai peut-être quelques ragots.

– Je vous accompagne.

Hamish lui lança un regard où pointait une lueur d'agacement. Elle ne pouvait pas attendre qu'il le lui demande ? Mais il se contenta de dire :

– Que savez-vous de ce club du troisième âge ?

– Ça ne signifie peut-être pas grand-chose. Mais quand Mr Blakey l'a fondé, il a demandé conseil aux sœurs Currie.

– Et alors ?

– Ça veut dire que les sœurs Currie savent pas mal de choses sur Braikie et ses habitants.

Hamish soupira. Les sœurs jumelles en question étaient deux vieilles filles de la paroisse qui ne rataient jamais une occasion de le critiquer.

– Je passerai les voir demain après m'être entretenu avec Angus, dit-il d'un air maussade.

Lorsque le lendemain matin, Hamish se rendit à pied chez le voyant en tenant Lugs en laisse, le temps changeant du Sutherland avait viré au beau. Sous un soleil radieux, les montagnes se découpaient sur un ciel bleu pâle. Le policier était à mi-parcours, lorsqu'il eut l'impression d'être suivi et se retourna. Jenny s'avança, le visage rougi par l'effort.

– Qu'est-ce qu'il y a ? lui lança-t-il d'un ton impatient.

– Je voulais juste m'excuser encore.

Elle était si jolie, si troublée, que Hamish lui répondit :

– Oublions ça. Je vais chez le voyant du coin, histoire de le cuisiner un peu. Vous voulez venir ?

– Oh oui, s'il vous plaît. Il sait vraiment prédire l'avenir ?

– J'en doute. Mais il est souvent au courant de ce qui se raconte dans le village. Je lui apporte du poisson. Il aime bien les cadeaux.

– Je n'ai rien à lui offrir.

– Je dirai que le poisson est de notre part à tous les deux.

Hamish lorgna la tête bouclée de Jenny d'un œil intéressé. D'après Priscilla, les gens se confiaient facilement à elle. Une fois de plus, il se dit qu'elle serait peut-être utile.

Et il n'avait pas tort. Car Angus commença par

l'accueillir fraîchement quand il lui offrit les deux truites qu'il avait apportées.

– Vous n'avez pas mieux que ça ? ronchonna-t-il. J'ai du poisson plein le congélateur.

– C'est de notre part à tous les deux, répondit Hamish en s'écartant, révélant Jenny.

– Entrez donc, dit Angus, soudain plus expansif. Alors comme ça, c'est la petite demoiselle dont j'ai entendu parler. L'amie de Priscilla.

Mais comment il sait ça ? s'étonna Hamish.

Le cottage d'Angus était toujours aussi pittoresque, avec sa bouilloire noircie accrochée à une chaîne au-dessus d'un feu de tourbe. Angus leur montra les trois fauteuils Orkney à haut dossier groupés devant la cheminée.

– Vous voulez du thé ? demanda-t-il à Jenny.

– Oui, volontiers, répondit-elle en regardant autour d'elle avec curiosité.

Angus alla d'un pas traînant dans sa cuisine, que Hamish savait équipée du dernier cri en matière d'électroménager, y compris d'un gros congélateur. Il savait aussi qu'Angus avait une bouilloire électrique, mais quand il avait de la visite, il préférait décrocher la vieille bouilloire de la cheminée.

Quand ils eurent tous un thé entre les mains, Lugs étalé à leurs pieds devant le feu, Hamish lança la conversation :

– Bien, Angus, c'est au sujet de ces meurtres. Avez-vous entendu quelque chose ?

Angus caressa sa longue barbe blanche. Son

regard tomba sur Jenny qui était penchée avidement vers lui.

– Je n'entends pas. Je vois des choses, déclara-t-il avec emphase.

Jenny étouffa un cri et Angus lui fit un grand sourire.

– Qu'est-ce que vous voyez ? demanda patiemment Hamish.

Angus ferma les yeux. La vieille horloge qui était dans le coin poussa une toux asthmatique puis se mit à sonner. Jenny se dit que le spectacle valait bien l'humiliation d'avoir été percée à jour. Hamish, de son côté, commençait à trouver le temps long et s'impatientait. Il savait qu'Angus faisait son numéro et aurait aimé qu'il en vienne enfin à ce qu'il avait effectivement entendu.

Angus rouvrit les yeux. Ils étaient fixes et regardaient dans le vide.

– Oh non, dit-il à voix basse. Des personnes âgées. Des personnes âgées qui crient, qui s'évanouissent. Une chose horrible. Maléfique.

Lugs poussa un jappement.

– C'était qui ? C'était quoi ? le pressa Hamish.

Les yeux pâles d'Angus se fixèrent sur lui.

– Je vais aller m'allonger un peu, annonça-t-il.

– C'est tout ? protesta Hamish en le fusillant du regard. Des personnes âgées qui crient et s'évanouissent ?

– Laissez-moi et emmenez votre demoiselle.

Le voyant se leva et se dirigea au fond de la maison en traînant la semelle.

– Mais vous n'avez rien entendu ? lança Hamish.

Angus se retourna.

– Vous allez la laisser partir comme toutes les autres, dit-il en montrant Jenny. Vous êtes condamné à rester seul, Hamish.

– Allez, venez Jenny, fit Hamish. C'est du temps – et des truites – de perdu.

Une fois dehors, au soleil, Jenny lui agrippa le bras.

– Je crois qu'il a vraiment vu quelque chose.

– *Och*, c'est un vieux charlatan.

– Où allez-vous, maintenant ? demanda Jenny en pressant le pas pour suivre les longues enjambées de Hamish.

– Je vais rendre visite aux sœurs Currie. Elles ont peut-être entendu quelque chose.

– Je peux venir ? l'implora Jenny.

– Pourquoi pas.

Malheureusement pour Jenny, les sœurs Currie avaient entre-temps découvert à quoi ressemblaient les strings. Sachant les villageois extrêmement collet monté, le Dr Brodie limitait les magazines de sa salle d'attente à des publications conservatrices telles que *Horse & Hound*, *Country Life*, *Scottish Field* et *The People's Friend*. Mais la veille, Nessie Currie était allée chez le dentiste, à Inverness, et s'était plongée dans les lectures de sa salle d'attente.

C'étaient des magazines féminins, regorgeant de descriptions détaillées d'orgasmes, de la façon de séduire un homme et de pratiques sexuelles que dans leur naïveté, les sœurs Currie croyaient réservées aux maisons closes. Il y avait également des publicités pour de la lingerie coquine.

Leur ressemblance est extraordinaire, songea la jeune femme, tandis que deux paires de petits yeux perçants la dévisageaient derrière des lunettes à verres épais. Malheureusement pour Jenny, la discrétion n'était pas leur fort.

– Ça doit être extrêmement inconfortable à porter, à porter, dit Jessie qui, telle la grive du poète Browning, avait la détestable manie de tout répéter deux fois.

– C'est à moi que vous parlez ? demanda Jenny.

– Et à qui d'autre ? À qui d'autre ?

– On n'en croyait pas nos yeux. Une catapulte, et puis quoi encore, intervint Nessie.

Jenny devint écarlate.

– On a vu une photo dans un magazine cochon, reprit Nessie. Vous allez vous faire du mal à porter ça. Vous allez me faire le plaisir d'aller à Strathbane vous acheter des culottes longues au magasin de nouveautés de la rue principale.

– Bon, assez perdu de temps comme ça, lâcha Hamish. J'ai deux meurtres à résoudre, moi.

– En ce cas, pourquoi vous n'allez pas les résoudre, au lieu de traîner avec de jeunes demoiselles.

– De jeunes demoiselles, répéta Jessie.

– Je dois interroger tout le monde, répliqua Hamish qui avait l'habitude de traiter avec les sœurs Currie. Bien, connaissiez-vous Miss McAndrew ou Miss Beattie ?

– Les deux, répondirent-elles en chœur.

– Parlez-moi d'elles.

– Miss McAndrew était un peu autoritaire, dit Nessie. Elle avait la réputation d'être une bonne professeure. Elle est venue à un des concerts que nous organisions à l'église, l'an dernier. Pour ce qui est de Miss Beattie, elle avait l'air tout ce qu'il y a de plus convenable. Nous ignorions qu'elle vivait… euh… une idylle avec le facteur.

– Comment l'avez-vous appris ?

– Les clientes ne parlaient que de ça, chez Patel. Alors, Jessie et moi, on s'est dit que Miss McAndrew était amoureuse du facteur et jalouse de Miss Beattie, et que par conséquent, elle l'avait pendue.

Hamish jeta un coup d'œil au tout nouvel écran plat. De toute évidence, les sœurs Currie avaient récemment été exposées à une avalanche de films américains.

– En ce cas, qui a tué Miss McAndrew ? demanda-t-il.

– Mais Billy, le facteur, bien sûr. Maintenant que nous avons résolu l'affaire à votre place, fichez-nous la paix.

– C'est très judicieux, intervint soudain Jenny. Je n'y aurais pas pensé.

Les deux sœurs lui firent un grand sourire. Avec son anorak et son pantalon neufs, elle avait l'air si jeune, si jolie, très comme il faut.

– Le seul problème, poursuivit Jenny, c'est que Pat Mallone m'a dit que Billy avait un alibi. Il était à Strathbane à une réunion d'anciens camarades de l'armée le soir où Miss Beattie a été tuée.

– Et alors ? Et alors ? s'anima Jessie. Où était-il le jour où Miss McAndrew a été tuée ? Le jour où elle a été tuée ?

– Ah oui, bien sûr, vous avez raison, dit Jenny. Que pensez-vous de Billy ?

– Je désapprouve l'adultère, répondit Nessie. Mais ceci étant, sa femme est une peste et Billy a la réputation d'être un brave et honnête homme. Si j'étais vous, j'irais voir les parents de Penny Roberts. Maintenant qu'ils savent que c'était Miss McAndrew qui écrivait ces lettres abominables, il y a peut-être des choses sur elle qui leur reviendront.

– On n'y manquera pas ! Quelle bonne idée ! s'exclama Jenny.

– Vous connaissez Mr Blakey du club du troisième âge ? demanda Hamish.

– Des seniors, rectifia Jessie. Il est venu nous demander conseil, comme il se doit. Au début, nous avons contrôlé les vidéos pour vérifier qu'elles ne comportaient pas de scènes choquantes. Mais ça fait un moment que nous n'y sommes pas allées.

Jenny et Hamish se levèrent.

– Vous êtes une brave petite, dit Jessie. Une

brave petite. J'espère qu'on vous verra dimanche à l'église, dimanche à l'église.

– J'y serai, répondit Jenny avec un sourire chaleureux.

Postées à la fenêtre de leur salon, les sœurs Currie regardèrent Hamish et Jenny s'éloigner. Jenny trébucha et se raccrocha au bras du policier.

Nessie secoua tristement la tête.

– C'est ce string de malheur. Il y a de quoi perdre l'équilibre. Tu crois qu'elle est encore vierge ?

– Forcément, forcément, répondit Jessie. Autrement, ce serait très inconfortable, quand on y pense...

– Je n'aime autant pas, si tu permets, répliqua sèchement Nessie. Tu ne devrais pas avoir des idées pareilles. Mais c'est une âme à sauver. On s'y attaquera dimanche, après l'office.

# 5

« J'aime mieux courir le risque de voir des traîtres échapper aux poursuites que répandre un esprit de soupçon général et de méfiance, qui préfère la rumeur et les commérages à l'enquête indifférente à la peur et à l'intimidation. »

Juge Learned Hand

Hamish expliqua à Jenny qu'il n'était pas autorisé à la faire monter dans un véhicule de police, mais elle lui répondit gaiement qu'elle le suivrait jusqu'à Braikie dans son pot de yaourt.

La jeune femme ne caressait plus la même ambition. Ce qui l'intéressait, ce n'était plus de séduire Hamish Macbeth, mais – se rappelant comment Priscilla avait parlé des affaires que Hamish et elle avaient résolues – de rentrer à Londres en racontant qu'elle avait aidé à résoudre deux meurtres.

Hamish espérait seulement que Blair ne le verrait pas avec Jenny à ses basques. Il fallait avouer qu'elle avait le don d'attirer la sympathie.

Il décida de commencer par rendre visite aux parents de Penny Roberts. Il stoppa la Land Rover dans la rue principale et consulta un fichier d'adresses, puis fit demi-tour, reprit la direction de la côte et se gara devant une rangée de demeures victoriennes. Les Roberts vivaient dans une jolie maison à étage, avec des pignons en pointes. Il frappa à la porte, embarrassé par la présence de la frêle Jenny derrière lui, craignant que cela ne paraisse étrange d'être accompagné d'une simple civile.

Une femme brune, très maigre, vint ouvrir et l'examina. Elle avait les lèvres charnues, de petits yeux et une moustache naissante. Ce devait être une amie ou une parente, supposa-t-il.

– Police, dit-il. J'aimerais parler à Mr ou Mrs Roberts.

– Entrez, répondit-elle en s'écartant. Je suis Mrs Roberts.

Étonné, Hamish se dit que Penny tenait sans doute sa beauté renversante de son père, mais la maîtresse des lieux les fit entrer dans le salon et leur présenta Mr Roberts. Il était également brun, maigrichon et très poilu.

– Je m'appelle Hamish Macbeth, annonça l'agent qui ôta sa casquette et la glissa sous son bras. C'est une simple visite informelle et j'espère donc que vous ne verrez pas d'inconvénient à ce que mon amie Jenny Ogilvie se joigne à nous.

– Mais bien sûr, répondit Mrs Roberts. Asseyez-vous. C'est affreux, tout ça.

Jenny parcourut le salon du regard. Un petit radiateur électrique rougeoyait devant une cheminée obstruée par des journaux. Mais tout comme la maison, les meubles sombres étaient d'époque victorienne, et les murs tapissés d'un papier peint fané étaient ornés de deux tableaux représentant des paysages des Highlands.

– Cette maison doit être dans votre famille depuis longtemps, fit remarquer Jenny.

– Oui, elle appartenait à mon arrière-grand-père, répondit Mrs Roberts. J'ai eu de la chance, si on peut appeler ça de la chance. Ma mère est morte une semaine avant notre mariage, à Cyril et moi. Nous comptions nous installer chez maman, bien sûr, mais la pauvre souffrait de la maladie d'Alzheimer et n'avait plus toute sa tête, c'était donc un soulagement.

– C'est si difficile de trouver à se loger, de nos jours, dit Jenny.

Hamish s'apprêtait à l'interrompre, mais Mrs Roberts sourit à la jeune femme et lui dit :

– Appelez-moi Mary. C'est vrai, oui. Nous n'aurions jamais eu les moyens d'habiter dans un tel endroit. Pas à cette époque. Mais Cyril gagne bien sa vie, aujourd'hui. Il est ingénieur civil chez Bradley, à Strathbane. Je devine que vous vous demandez pourquoi il n'est pas à son travail. Avec tout ce qui se passe, Cyril a pris quelques jours de congé.

– Bien sûr, acquiesça Jenny. Dans un moment pareil, on veut être auprès de sa famille.

Hamish toussota.

– Avez-vous reçu une lettre anonyme ?

Il y eut un bref silence.

– Non, répondit Mary Roberts. Il s'avère que le corbeau était Miss McAndrew et elle était si attachée à Penny qu'elle ne s'en serait pas prise à nous. Et puis, nous n'avons rien à cacher.

Et pourtant, je sais que tu mens, songea Hamish.

– Ça ne vous dérangeait pas que votre fille soit la chouchoute de la principale ? reprit-il.

– On était contents pour elle, répondit Cyril. Penny est une élève brillante, elle est largement au-dessus du lot. On trouvait normal que Miss McAndrew lui manifeste un intérêt particulier.

Hamish jeta un bref regard autour de lui. Il y avait des photos de Penny partout : Penny toute petite, Penny écolière, Penny en vacances en Cornouailles.

– Vous connaissiez bien Miss Beattie ? demanda Jenny.

– Comme tout le monde, à Braikie. On bavardait par-dessus le comptoir, ce genre de choses.

– Mais vous ne la fréquentiez pas ?

– Non, nous ne sommes pas du même milieu, répondit Mary avec le snobisme propre aux villages reculés.

Hamish les observa un moment, perplexe. Il flottait un secret dans cette pièce.

– Vous soupçonniez Miss McAndrew d'être le corbeau ?

– Non, dit Mary. Une dame si convenable ! Comment aurions-nous pu imaginer qu'elle ferait une chose pareille ?

Jenny intervint soudain.

– Avant Penny, qui était le chouchou ?

– Pardon ?

– Avant Penny, savez-vous qui était l'élève préféré de Miss McAndrew ?

Mary Roberts et son mari échangèrent un regard.

– Voyons voir, fit Mary. Il y a eu Jessie Briggs.

– Elle est toujours au collège ?

– Non, elle est partie il y a deux ans.

– Où habite-t-elle ? demanda Hamish.

– Dans un logement social. Sur Highland Close. Je ne sais pas à quel numéro.

– Elle travaille ?

– Je ne sais pas.

Hamish les interrogea à nouveau sur ce qu'ils pensaient de la défunte Miss McAndrew, mais ils avaient visiblement toutes les peines du monde à admettre que la respectable principale n'était pas la perfection incarnée.

– Qu'est-ce qui vous a poussée à leur demander s'il y avait eu d'autres chouchous ? demanda Hamish, une fois dehors.

– Une idée, comme ça, répondit Jenny avec enthousiasme. C'est logique, si Penny était sa chouchoute, c'est probablement qu'elle en a eu d'autres.

– Bien vu, dit-il à Jenny, qui s'en trouva ravie. Tant qu'à faire, autant aller voir cette fille en espérant que ses parents et elle n'idéalisent pas autant Miss McAndrew.

Ils se rendirent en tandem au lotissement de Highland Close. Hamish frappa à la première porte et se procura l'adresse de Jessie Briggs.

Jenny sur les talons, il remonta une allée et frappa à une porte, en remarquant la peinture écaillée et le jardin envahi de mauvaises herbes, derrière lui.

Une fille mince à l'air épuisé vint lui ouvrir. Ses cheveux blonds laissaient apparaître deux centimètres de racines brunes. Elle avait des yeux d'un vert saisissant et Hamish se dit que maquillée et bien habillée, elle devait sans doute s'attirer des regards admiratifs.

– Je suis l'agent Hamish Macbeth. Et voici Jenny Ogilvie. Nous pouvons entrer ?

– Oui, mais ne faites pas de bruit. Je viens de coucher le petit et j'ai besoin de me reposer.

Elle les conduisit dans un salon encombré. Plusieurs bouteilles de Bacardi Breezer trônaient sur une table basse au milieu de magazines de cinéma.

– Vos parents sont là ? s'enquit Hamish.

La pièce empestait le tabac froid, la bière éventée et les couches sales.

– Non, je vis seule. Je suis mère célibataire.

Hamish et Jenny s'assirent côte à côte sur un

canapé défoncé. Jessie prit une corbeille à papier et y jeta les bouteilles vides.

– Vous voulez du thé ? demanda-t-elle.

– Non, ne vous dérangez pas, s'empressa de répondre Hamish qui avait hâte d'en finir pour sortir au grand air.

– C'est au sujet des meurtres ? demanda Jessie en s'asseyant en face d'eux.

– Oui, dit Hamish. Nous avons cru comprendre que vous étiez une des chouchoutes de Miss McAndrew.

– Ah, celle-là.

Jessie haussa les épaules. Elle alluma une cigarette et leur souffla la fumée au visage.

– Comment ça se passait, avec elle ?

– C'était bizarre.

– C'est-à-dire ?

– Genre, elle m'invitait chez elle et m'aidait à faire mes devoirs. Elle montait la tête à mes parents, en leur faisant croire que je réussirais. On ne dirait pas, mais à l'époque, j'étais canon.

Elle se leva et alla vers une table, près de la fenêtre, puis fouilla dans une boîte à chaussures et en sortit une photo. Elle la tendit à Hamish.

– C'est quand j'ai arrêté mes études.

Sur la photo, Jessie avait de beaux cheveux bruns et plus de formes. Elle était incroyablement sexy.

– Vous pensez que Miss McAndrew éprouvait de l'attirance pour vous ?

– Bien sûr. (Jessie ôta délicatement un brin de

tabac de sa langue.) À l'époque, je ne savais pas qu'il y avait des femmes comme ça. Elle n'arrêtait pas de me caresser les cheveux. Elle voulait que j'aille à l'université. Elle disait qu'elle devait bientôt prendre sa retraite et qu'elle viendrait s'occuper de moi. J'ai commencé à me sentir oppressée.

– Vous l'avez dit à vos parents ?

– Ils ne m'écoutaient pas. « Fais ce qu'elle te dit et tu arriveras à quelque chose », ils me répétaient. Maman est contrôleuse dans le bus et papa chauffeur. Ils s'emballaient à cette idée. J'ai essayé de leur dire qu'elle falsifiait mes contrôles et que le jour où je passerais le bac, j'aurais des problèmes, car en voyant mes copies, le jury s'apercevrait que je n'étais pas si brillante que ça. Qui sait ? J'aurais peut-être mieux réussi si elle n'avait pas été tout le temps sur mon dos.

Jenny la regarda avec compassion.

– Alors vous avez décidé de vous rebeller ?

– *Aye*, on peut dire ça comme ça. Un soir, je me suis tirée de chez elle – cette vieille peau avait essayé de m'embrasser –, je me sentais mal, désorientée, j'en pouvais plus. Au lieu de rentrer à la maison, je suis allée au pub. Je n'avais jamais bu une goutte d'alcool. Il y avait pas mal de gars du coin. Ils ont dit qu'un prémix, ça me ferait rien, que c'était sucré comme un soda, ça m'a fait du bien et j'en ai bu plein. Tout a commencé à se brouiller, mais j'avais une impression de chaleur, de liberté, ils m'ont encore offert à boire et je me suis laissé faire. Je n'ai presque aucun souvenir du reste de la soirée, juste des flashs, mais à un moment, j'étais derrière le pub, la jupe remontée sur la poitrine et un d'eux me tripotait. Et c'est tout, ajouta-t-elle, une larme coulant lentement sur sa joue. En cloque direct et je ne me rappelle même pas qui est le père. Les parents ont pété les plombs. C'est l'assistante sociale qui m'a trouvé ce logement.

Hamish toussota.

– Écoutez, Jessie, vous soupçonniez que Miss McAndrew était l'auteur des lettres ?

– Non, mais j'aurais dû m'en douter.

– Pourquoi ça ?

– Elle m'en a envoyé une. Je l'ai encore.

Elle se leva, retourna fouiller dans la boîte à chaussures et en sortit une lettre dont l'écriture était désormais familière à Hamish.

« Tu as gâché ta vie, espèce de pauvre garce. Maintenant, tu te prostitues et tu finiras dans le caniveau. Tu as laissé passer la chance d'avoir une vie de rêve. »

Hamish fit une moue de dégoût.

– Pourquoi dit-elle que vous vous prostituez ?

– Je me suis mise à boire. Ça me permet de tenir. Mais ça coûte cher. Je vois un mec. Rien de sérieux, mais il me file quelques billets.

– Cette femme est un monstre, dit Jenny en fondant en larmes.

Hamish lui jeta un coup d'œil agacé, commençant à regretter de l'avoir amenée avec lui.

– Soyons pragmatiques, dit-il d'un ton sévère pendant que Jenny mouchait son petit nez. Vous êtes dépendante de l'alcool ?

– Est-ce que je peux arrêter, vous voulez dire ? Non.

– Je crois qu'il y a un groupe des Alcooliques anonymes à Braikie.

– C'est une bande de culs bénis.

– C'est un mouvement non religieux. Ça s'adresse aux croyants comme aux non-croyants, mais ils ont permis à beaucoup de gens de s'en sortir. Si vous les appelez, ils vous enverront quelqu'un. C'est à vous de voir. Personne ne vous obligera.

Jenny avait séché ses larmes et trouvé un annuaire qu'elle consultait.

– Je vais appeler Strathbane et ils me mettront en contact avec quelqu'un d'ici, dit-elle avec fougue.

– Jenny ! protesta Hamish. Arrêtez. C'est à elle de le faire.

Sans se laisser démonter, Jenny nota le numéro et le tendit à Jessie.

– Voici ma carte, Jessie, conclut Hamish. Si quelque chose vous revient ou que vous entendez quoi que ce soit, appelez-moi.

Une fois dehors, il dit à Jenny :

– Ça ne peut plus continuer. J'avoue que certaines de vos questions sont judicieuses et que les gens vous trouvent sympathique, mais quand on est sur une affaire, on ne peut pas faire de sentiments.

– C'est dur, dit Jenny.

– Sans compter que si jamais Blair apprend que vous m'accompagnez, j'aurai de gros ennuis.

– Où est-ce qu'on va, maintenant ?

– Je réfléchis. Il y a tellement de suspects. C'est presque l'heure du déjeuner. J'ai envie d'aller au collège, histoire de sonder les professeurs. Attendez-moi dehors et essayez de discuter avec des gens.

Jenny fit la moue.

– Je ne peux pas venir avec vous ?

– Non, laissez-moi faire.

La cour de récréation résonnait des cris des élèves. Hamish remarqua qu'ils étaient surveillés par une femme qui devait être une bénévole. Avec un peu de chance, il trouverait tous les enseignants dans la salle des professeurs. Il se dit qu'il était préférable de les interroger ensemble plutôt qu'en privé, à leur domicile.

Après avoir ouvert plusieurs portes, il trouva la salle des professeurs. Ils étaient tous là, à tirer sur leur cigarette : Maisie Hart, Henrietta McNicol, Jamie Burns et Matthew Eskdale. Quand Hamish entra dans la salle miteuse avec ses murs d'un vert administratif et son mobilier éraflé et cassé, leurs quatre visages consternés se levèrent dans un nuage de fumée.

– Je poursuis juste mon enquête, dit-il, stressé

à la vue des professeurs qui lui rappelaient ses années de collège.

Il trouva une chaise libre, s'assit et sortit son carnet. Quatre paires d'yeux sceptiques le dévisagèrent.

– Bien, pour commencer, j'ai besoin d'en savoir un peu plus sur ce que vous pensiez de Miss McAndrew. Vous saviez qu'elle falsifiait peut-être les notes des contrôles ?

– Ça m'a traversé l'esprit une fois, répondit Maisie avec précaution. Comment s'appelait cette fille, déjà ? Jessie, c'est ça. (Elle regarda les autres.) Elle avait d'excellents résultats aux contrôles en interne, mais pour les copies d'examens qui étaient envoyées à un jury, elle obtenait à peine la moyenne.

– Je croyais que c'était le stress des examens, protesta Henrietta. C'est ce que disait Miss McAndrew.

– Elle était un peu tyrannique, dit Matthew Eskdale. Pauvre Jamie, elle lui menait une vie d'enfer. Pas vrai, Jamie ?

– J'ai déjà tout expliqué au policier, répondit Jamie, inutile de détourner l'attention de vous. Vous passiez votre temps à lui lécher les bottes, c'en était pitoyable.

– Non, c'est faux !

– Si, c'est vrai.

– Messieurs, intervint Hamish, ça ne nous avance à rien.

Devant le collège, Jenny fut abordée par un garçon au teint mat.

– Vous êtes venue avec le flic ? demanda-t-il.

– Oui, je l'assiste dans l'enquête.

– Je m'appelle Geordie Cromarty et je l'assiste aussi.

– Chapeau, lui dit Jenny en battant des cils.

Geordie la lorgna d'un œil songeur. Avec ses copains, ils discutaient souvent des charmes et de l'expérience des femmes plus mûres, rêvant d'une Mrs Robinson qui les déferait lestement d'un indésirable pucelage, mais les dames de Braikie avaient des allures de forteresse imprenable, certaines portaient même encore des corsets, et ils avaient donc renoncé à tout espoir. Et voilà que là, sous ses yeux, assise sur le muret de l'école, une sublime créature affichait des jambes interminables voilées de noir. Il bomba le torse.

– J'ai des trucs à lui dire.

– Quoi par exemple ? demanda Jenny en le regardant avec une admiration feinte.

– Genre, qu'on a vu Miss Beattie aller chez Miss McAndrew trois jours avant qu'elle soit tuée.

– Pas possible ! Tu es sûr ? Qui te l'a dit ?

– J'ai mes sources. Mais c'est vrai.

– À la place de la police, dit prudemment Jenny, j'insisterais pour que tu révèles tes sources.

– *Aye*, mais j'ai promis de rien dire.

– Et si tu me le disais à moi ? Promis, je ne dirai rien à Hamish, lui assura-t-elle en croisant les doigts dans son dos.

La sonnerie du collège retentit.

– La récréation est finie, cria la bénévole. Mettez-vous en rang. Geordie, viens ici, mets-toi en rang.

– Je dois y aller, dit-il. Retrouvez-moi après les cours.

– Où ça ?

– En dehors de la ville. Après la maison de Miss McAndrew, il y a un gros rocher sur la plage. Rendez-vous là-bas.

Il s'éloigna en roulant des mécaniques pour rejoindre les autres.

Jenny vit Hamish sortir et décida de garder pour elle ce que lui avait raconté Geordie.

– Rien, lui résuma Hamish en s'approchant d'elle. Rien de neuf. C'était un tyran qui avait ses chouchous et falsifiait leurs notes de contrôle.

– Je crois que j'ai vu votre inspecteur, mentit Jenny. Un type costaud en civil est passé dans une voiture de police. Elle a ralenti et il m'a lancé un regard noir par la vitre.

– Blair. Il vaut mieux qu'on ne vous voie pas ensemble, dit Hamish. Je vous dirai si j'ai trouvé quelque chose.

À son grand soulagement, Jenny se contenta de sourire et descendit du muret.

– On se voit plus tard, fit-elle.

Hamish décida d'aller au bureau de poste. Bien que Billy Mackay ait hérité de l'épicerie, il faudrait qu'ils envoient quelqu'un pour s'occuper des pensions et distribuer le courrier.

À sa surprise, il trouva l'annexe ouverte et la

vieille Mrs Harris derrière le comptoir de l'épicerie tandis qu'un inconnu s'occupait de la partie poste.

– Que se passe-t-il ? lui demanda-t-il.

– Les avocats m'ont appelée pour me dire que Billy m'avait demandé de tenir le magasin jusqu'à ce qu'on le relâche. Je travaillais dans une épicerie quand j'étais jeune, alors ce n'est pas si difficile que ça. Je m'amuse, ajouta-t-elle, ses vieux yeux pétillants. Ils ont mis un gars pour s'occuper du courrier, des pensions et tout ça. On va me payer. Vous imaginez ! Recevoir un salaire à mon âge.

– Formidable, dit Hamish. Vous êtes toujours partante, pour vendredi ?

– Oui, j'ai hâte. Ah, des clients.

Hamish ressortit dans la rue et tomba sur Elspeth.

– Alors, qu'est-ce que vous avez trouvé ? lui demanda-t-il.

– Venez, on va prendre un verre et je vous dis ça. On n'a rien sans rien.

Quand ils furent installés devant leurs consommations à une table d'angle du pub défraîchi, Hamish se surprit à regretter qu'Elspeth ne s'habille pas mieux et s'en voulut aussitôt de faire partie de ces gens incapables d'accepter les autres tels qu'ils sont.

Elspeth portait son vieux chapeau de pêche en tweed préféré, un anorak d'homme et un pantalon en velours côtelé, le tout assorti d'un tee-shirt noir devenu gris à force d'être lavé.

Mais qu'est-ce qu'il espérait ? Elle ne pouvait

tout de même pas faire des reportages au fin fond des Highlands en robe et talons aiguilles.

– Qu'est-ce que vous avez trouvé ? demanda-t-il.

– Des rumeurs et des contre-rumeurs. Rien de concret.

– Ils croient encore que c'est Billy, je suppose.

– En fait, non. Ils disent que s'il avait tué son emmerdeuse de femme, ils comprendraient. Il est très apprécié. Toujours prêt à rendre service.

– Qu'est-ce que vous allez écrire ?

– Comme c'est pour un grand journal, un papier sur le drame d'un village respectable des Highlands frappé par des meurtres. L'ombre pesante du soupçon et tout le bla-bla. Mrs Harris travaille au magasin de la poste. Elle vient toujours voir le film avec nous ?

– Oui.

– On vous a vu avec Jenny qui vous suivait dans son pot de yaourt. Pourquoi vous supportez ça ?

– Elle a le don de faire parler les gens.

– Ah oui ? Je croyais qu'elle s'intéressait surtout à vous, bien que Pat Mallone semble sous son charme.

– Écoutez, Elspeth, j'ai une affaire à résoudre et toute aide est la bienvenue. On pourrait l'emmener voir le film avec nous. Je crois qu'elle saurait s'y prendre avec les personnes âgées.

Elspeth plissa imperceptiblement ses yeux gris.

– Je croyais qu'on y allait tous les deux.

– Arrêtez, Elspeth, vous vous êtes invitée et j'emmène Mrs Harris. Comme rencard, il y a mieux.

– Ce n'est pas une question de rivalité. J'ai le pressentiment qu'il va se passer quelque chose là-bas et je ne veux pas de cette écervelée dans les parages.

– Oh, et puis comme vous voudrez, soupira Hamish.

– De toute façon, vous l'emmenez partout avec vous uniquement pour que Priscilla l'apprenne, dit Elspeth.

– C'est faux ! Allez, je retourne bosser.

Hamish se leva avec raideur, indigné. Elspeth eut l'air amusé.

– À demain.

Jenny attendait sur la plage, à l'ombre du rocher. Le ciel s'était couvert et il commençait à crachiner. De grosses vagues se soulevaient mollement et venaient déferler sur les galets. Au-dessus d'elle, une mouette criait tristement.

– Psst !

Jenny sursauta. Geordie apparut de l'autre côté du rocher.

– Tu m'as fait peur. Alors, qu'est-ce que tu as à me dire ?

Geordie bomba le torse.

– Faut payer.

– Combien ?

– Un baiser.

– Arrête. Tu n'es qu'un gamin.

Il la fixait d'un air obstiné.

Jenny soupira. L'espace d'un instant, elle pensa à Londres, aux bus rouges, aux restaurants. Que faisait-elle sur une plage venteuse des Highlands en compagnie d'un collégien amoureux ?

– Bon, d'accord, dit-elle. Vas-y.

Geordie lui planta un baiser sur la bouche, en écrasant les lèvres contre les siennes.

– Voilà ! lança-t-il en la lâchant. Je parie qu'on vous a jamais embrassée comme ça.

Et j'espère bien que c'est la dernière fois, songea Jenny qui brûlait d'envie de sortir un mouchoir pour s'essuyer la bouche.

– Alors, qu'est-ce que tu sais ?

– Quelqu'un que je connais a vu...

– Miss Beattie ?

– *Aye.* Trois jours avant le meurtre. Elle est allée chez Miss McAndrew.

– Tu me l'as déjà dit. Quoi d'autre ?

– Au bout d'une demi-heure, elle est sortie en chialant. Elle était toute retournée.

– Tu ne peux pas me dire qui l'a vue ?

– Je peux pas. Question de vie ou de mort, répliqua Geordie avec emphase.

Ils entendirent une voiture sur la route. Elle s'arrêta dans un crissement de pneus.

– J'ai laissé ma voiture en évidence, dit Jenny avant de s'apercevoir qu'elle parlait dans le vide.

Geordie s'était volatilisé.

– Jenny ! appela Hamish.

Elle fit le tour du rocher et remonta sur la route.

– Qu'est-ce que vous faites là ?

– Je me suis arrêtée pour regarder la mer.

– *Aye*, faut dire que le temps s'y prête, répondit-il d'un ton sarcastique.

Il alla jusqu'au rocher, le contourna et regarda à l'endroit où se trouvait Jenny l'instant d'avant. Elle le suivit à contrecœur. Hamish se pencha pour ramasser quelque chose par terre et le renifla. Il la toisa.

– C'est un reste de joint. Il ne date pas d'hier. Il y en plein d'autres. Bien, Jenny Ogilvie, que faisiez-vous sur le lieu de consommation de cannabis des jeunes du coin ?

– J'avais rendez-vous avec quelqu'un qui avait des informations.

– Qui ça ?

– J'ai promis de ne rien dire.

– Vous avez le rouge à lèvres qui bave.

Jenny rougit, sortit un mouchoir et s'essuya la bouche. Hamish l'examina.

– Je crois que vous avez embrassé quelqu'un. Pat Mallone n'est pas là aujourd'hui et pour autant que je sache, vous ne connaissez personne d'autre. Alors, qui pourrait bien vouloir d'un baiser en échange d'une information ? Un collégien en rut ? Allez, Jenny. Avouez.

– C'était Geordie Cromarty.

– Et qu'avait-il à dire ?

– Bon, d'accord. Il a dit que quelqu'un qu'il connaissait, il refuse de dire qui, a vu Miss Beattie aller chez Miss McAndrew trois jours avant le meurtre.

– Quel meurtre ?

– Ah, je n'ai pas pensé à demander. Le sien, je suppose. Quoi qu'il en soit, Miss Beattie est ressortie une demi-heure plus tard, en pleurs.

Hamish fronça les sourcils.

– Je croyais que Miss Beattie avait peut-être été tuée parce qu'elle savait quelque chose sur Miss McAndrew. Mais il semblerait que ce soit l'inverse. Je vais rentrer à Lochdubh, appeler Jimmy Anderson et voir ce qu'ils ont trouvé sur Miss Beattie. Vous restez draguer les beaux gosses du coin ?

– Non, je vous suis.

Une fois de retour au poste et après avoir récupéré Lugs, Hamish appela Strathbane et demanda à parler à Jimmy Anderson. On lui répondit que l'inspecteur était sur le terrain. Il venait de raccrocher quand on frappa à la porte de la cuisine. Il alla ouvrir et tomba sur Jimmy en personne.

– Vous avez du whisky ? demanda ce dernier.

– Oui, mais ne videz pas la bouteille.

Jimmy s'assit à la table de la cuisine pendant que Hamish sortait une bouteille de whisky et deux verres du placard.

– Ça caille, ici, se plaignit Jimmy.

– Je viens à peine de rentrer. Je vais faire un feu.

Lugs agita sa gamelle d'eau vide par terre. Hamish la remplit, mit des bûches, du papier et un allume-feu dans le poêle et y jeta une allumette. Le poêle se mit aussitôt à ronfler.

– Bon, maintenant que vous êtes à votre aise, je veux que vous me donniez des infos.

– Vous ne buvez pas ? demanda Jimmy en se servant copieusement.

– Ça ne me dit rien. Je vais me faire un café.

Hamish remplit la bouilloire, la posa sur le poêle et s'assit en face de Jimmy.

– Qu'est-ce que vous voulez savoir ? demanda Jimmy. Je suis sûr que vous en avez appris plus que nous.

– Je veux en savoir plus sur Miss Beattie. Elle est née à Braikie et elle a passé toute sa vie ici ?

– Elle est née en 1966 à Perth dans une famille de la classe moyenne. Le père possédait un garage et a modestement réussi. La mère faisait des ménages. L'un et l'autre appartenaient à l'Église presbytérienne libre et ils étaient très pieux.

– Attendez. Quand elle a été assassinée, elle devait avoir à peine trente-six ans. Je lui donnais bien plus. Elle avait les cheveux tout gris. Remarquez, la dernière fois que je l'ai vue, elle était au bout d'une corde. Quand est-elle arrivée à Braikie ?

– Il y a seize ans, environ, elle était toute jeune. Elle a commencé par faire des ménages, et puis elle a appris que la receveuse des postes allait prendre sa retraite, alors elle a suivi une formation et elle a décroché le poste. Elle devait avoir des économies, parce qu'elle a acheté les locaux. Au début, c'était juste une poste, puis elle a développé l'activité et s'est fait aider par des gens du village.

– Je ne comprends pas, soupira Hamish. Moi qui croyais que c'était une femme mûre. En fait, c'est ce que devaient penser la plupart des villageois et pourtant, les anciens devaient bien savoir quel âge elle avait puisqu'ils l'ont vue arriver quand elle était jeune.

Hamish s'agaçait lui-même. Il aurait dû questionner les gens sur Miss Beattie.

– Qu'est-ce que dit Billy ?

– Ils l'ont relâché.

– Mais on ne me dit jamais rien !

Jimmy eut l'air amusé.

– Généralement, c'est inutile.

– C'est juste que j'ai une liste de suspects longue comme le bras. J'ai quelque chose pour vous. Quelqu'un a vu Miss Beattie se rendre chez Miss McAndrew trois jours avant d'être assassinée. Au bout d'une demi-heure, elle est ressortie en pleurant.

– Qui vous l'a dit ?

Mais Hamish ne voulait pas mentionner Jenny. Il était préférable que la police ne sache pas qu'il se faisait accompagner par une simple amatrice.

Le fait que Miss Beattie soit aussi jeune soulevait un grand nombre de questions. Billy devait savoir. Il jeta un œil à la pendule. Vingt heures.

– Finissez votre whisky, Jimmy, et fermez derrière vous. Viens, Lugs.

– Où allez-vous ?

– Il faut que je voie Billy.

Jimmy se renversa contre le dossier de la chaise.

– Allez-y. Je suis de repos.

– Ne prenez pas le volant si vous avez trop bu.

Jimmy lui lança un regard limpide de ses yeux bleus injectés de sang.

– Ça ne me viendrait pas à l'idée.

Hamish fonça à Braikie, son chien couché sur le siège passager.

Billy lui ouvrit.

– Votre femme est là ? demanda Hamish avec précaution.

– Non, elle est à son club de couture, Dieu merci. Entrez. J'ai bien cru qu'ils ne me relâcheraient jamais, je n'en pouvais plus de l'autre braillard, Blair. Du coup, j'ai exigé un avocat, ce que j'aurais dû faire dès le départ. J'ai trouvé une fille intelligente. Elle a relevé qu'ils n'avaient aucune preuve et elle a démoli Blair. J'ai l'impression qu'il a trouvé adversaire à sa mesure.

– Je ne savais pas que la pauvre Miss Beattie n'avait qu'une trentaine d'années.

– *Aye*, les gens ont la mémoire courte. Le cancer l'avait beaucoup vieillie.

– Le cancer ?

– Oui, c'est elle qui me l'a dit. C'était peu de

temps après son arrivée à Braikie. On lui a diagnostiqué un cancer des trompes de Fallope. Elle était terrorisée. Ses cheveux sont devenus presque blancs. Elle me disait qu'elle avait toujours peur qu'il récidive. Elle avait eu une éducation religieuse ultra-stricte et elle croyait que c'était une punition divine.

– Oui, j'ai appris que ses parents étaient des presbytériens libres extrêmement pieux. Ce serait bien que je les voie.

– Impossible. Le père est mort il y a dix ans d'un cancer du poumon et deux ans après, la mère a succombé à un infarctus. C'est à cette époque que ça a commencé, entre Amy et moi. Je restais le soir pour la consoler. Je crois qu'elle s'en voulait d'être partie. Ils s'étaient brouillés et elle n'était jamais revenue les voir.

– Vous ne voyez pas quelque chose que Miss McAndrew aurait pu découvrir sur elle et qui l'aurait bouleversée ?

– On était si proches, Amy et moi, dit Billy, une larme coulant sur la joue. Elle me l'aurait dit.

– Même si Miss McAndrew avait découvert votre liaison ? Ça n'aurait pas suffi ?

– *Aye*, mais elle me l'aurait dit.

– Ça lui arrivait de parler de cette dame ?

– Voyons voir. Elle disait des trucs du genre : « Je ne supporte pas cette bonne femme. Elle a quelque chose de pervers. »

– Vous n'avez rien de plus concret ?

– Je suis tellement content d'être sorti, Hamish. Écoutez, ma femme ne va pas tarder. Si quelque chose me revient, je vous appelle.

Hamish prit congé et rentra sans se presser, à côté de Lugs qui dormait sur le siège passager. Quand il arriva au poste de police, il ne restait plus une goutte de whisky dans la bouteille qui heureusement, se dit-il, était aux trois quarts vide quand il l'avait sortie.

Demain, décida-t-il, il verrait ce que les anciens du village avaient à dire sur Miss Beattie.

Il s'assoupissait, quand brusquement, il ouvrit les yeux. Comment s'appelait ce garçon, déjà ? Archie Brand, c'était ça. Il fallait qu'il le voie.

# 6

> « Le crime se saura, c'est l'évidence même. »
>
> Geoffrey Chaucer

Le lendemain, c'est à contrecœur que Hamish se rendit au collège pour demander à voir Archie Brand. Il n'aimait pas Mr Arkle et il était sûr que le principal essaierait de lui mettre des bâtons dans les roues.

Mais à son grand soulagement, Mr Arkle était absent et la douce secrétaire, Freda, alla chercher Archie et le ramena dans son bureau.

– Bien, Archie, entreprit Hamish, tu peux me répéter ce que tu m'as dit l'autre jour ?

– C'était le soir où la dame de la poste a été tuée. J'allais au fish and chips…

– Quelle heure était-il ?

– Vers neuf heures. Il y avait un mec devant la poste. Il regardait en haut, vers la fenêtre du haut, quoi.

– Bien. Maintenant, dis-moi tout ce dont tu te souviens.

– Il était tout en noir, répondit Archie qui était écarlate et se tortillait sur sa chaise. Il avait une casquette de base-ball tirée sur les yeux et il était habillé en noir. Il avait une doudoune, un pantalon noir et des baskets noires.

– Tu as vu son visage ?

– Nan. La casquette était complètement baissée.

Hamish se retint de soupirer. Il n'y avait rien de nouveau.

– Merci, Archie. Si quelque chose te revient, appelle-moi au poste de police de Lochdubh.

– OK, chef, répondit fièrement Archie.

Hamish retourna à Lochdubh et appela Jimmy.

– Vous avez l'heure de la mort, pour Miss McAndrew ?

– C'était dans la nuit. Vous savez comment c'est. On ne réussit jamais à trouver l'heure exacte. Mais elle a été tuée dans son lit, elle n'avait pas encore pris son petit déjeuner, et à en juger par le contenu de l'estomac, ça devait être au petit matin.

– Pas de signe d'effraction ?

– Non, aucun.

– C'est bizarre. Je l'imagine mal se lever pour faire entrer le meurtrier, puis retourner se coucher et attendre sagement d'être poignardée. Je parie qu'elle a été attaquée en plein sommeil. C'est quel genre de serrure, sur la porte d'entrée ?

– Une simple serrure à barillet. Facile à crocheter.

– Des empreintes digitales ? Des empreintes de pas ?

– Ni empreintes digitales, ni empreintes de pas. Le meurtrier a un sacré sang-froid. Il a passé l'aspirateur avant de sortir. L'appareil était dans l'entrée.

– Et dans le sac ?

– Notre meurtrier a embarqué le sac avec lui. Il n'y a pas une fibre, pas un cheveu.

– Quelqu'un est allé à Perth se renseigner sur Miss Beattie ?

– Les gars de Perth s'en sont chargés. Une vieille voisine se souvient juste qu'elle s'est brouillée avec ses parents et qu'elle est partie. C'étaient des gens taiseux, très pieux, et ils n'en parlaient jamais.

– Ça piétine, de mon côté. Et vous autres ?

– Blair est sur une autre affaire et je me retrouve seul aux commandes. Vous savez comment il est. Quand une affaire semble impossible à résoudre, il la colle à un pigeon quelconque, et le pigeon c'est moi.

– Je vais au club du troisième âge ce soir. Peut-être que quelqu'un se rappellera quelque chose.

– Ah, la vie palpitante des Highlands. Amusez-vous bien.

Pat Mallone marchait le long des quais avec un sentiment de malaise. Il n'avait pas la conscience tranquille. La veille, Elspeth lui avait dit :

– Ouf, heureusement, j'ai fini. Je vais prendre un café et je l'envoie.

Pat s'était arrêté devant son bureau.

– C'est ton papier ? lui avait-il demandé.

– C'est ça. Tu peux y jeter un œil, s'il te plaît ? Je reviens tout de suite.

Pat s'était assis devant l'ordinateur d'Elspeth. Il avait rapidement lu l'article. Il était excellent. Une idée folle s'était emparée de lui. Le papier était prêt à être envoyé au *Bugle*. Il avait remplacé le nom d'Elspeth par le sien et expédié l'article. Puis il avait effacé sa signature et remis celle d'Elspeth.

– Qu'est-ce que tu en penses ? lui avait demandé Elspeth en arrivant derrière lui.

– Super. Je l'ai envoyé.

– Tu es culotté. Je voulais peut-être faire des modifs.

Pat lui avait lancé un coup d'œil malicieux en usant de tout son charme irlandais.

– Je suis sûr que tu le trouvais parfait.

Elspeth avait souri.

– J'avoue, oui.

À présent, Pat espérait que dans la mesure où l'article n'avait pas été écrit par un de ses journalistes, le *Bugle* le ferait paraître sans signature, mais qu'on lui offrirait un poste s'il avait plu. Il n'avait plus qu'à attendre sa parution, dans l'édition du dimanche.

Il aperçut Jenny qui se dirigeait vers le poste de police. Il se précipita vers elle pour l'intercepter.

– Où vas-tu ? lui demanda-t-il.

– Je vais voir si Hamish est là.

– Je crois que je l'ai vu partir, tout à l'heure. J'ai une pièce de théâtre amateur à couvrir cet après-midi à Cnothan. C'est pour les enfants. Tu veux venir ?

– D'accord, répondit Jenny.

– Tu comptes rester combien de temps ?

– Je ne sais pas. J'ai pas mal de congés à prendre.

En fait, elle avait appelé son bureau ce matin-là et annoncé qu'elle avait la grippe. Le seul problème, c'est qu'on lui avait demandé un certificat médical.

Pat regarda son visage coupable soudain empourpré.

– C'est vrai ?

– Non, dit-elle en rougissant encore plus. J'ai dit que j'avais la grippe ; et maintenant, ils veulent un certificat médical.

– On n'a qu'à faucher un formulaire.

– Et comment ?

– Je vais raconter au médecin du coin que j'ai mal au dos, tu t'arranges pour faire diversion et pendant ce temps, j'en pique un.

– Tu ferais ça ? souffla Jenny.

– Ça vaut la peine d'essayer. Viens. Le cabinet est ouvert.

Ils entrèrent dans le cabinet. Pat expliqua son problème à la secrétaire, en se félicitant d'avoir pris la précaution de s'inscrire en arrivant à Lochdubh, ce qui lui épargnait d'avoir à remplir les formulaires.

– Quand je serai entré, murmura-t-il à Jenny, fais diversion dans la salle d'attente pour qu'il accoure.

– J'essaierai, chuchota-t-elle.

Il n'y avait que deux patients âgés avant Pat. Jenny essaya de lire une histoire d'amour dans le *People's Friend*. Mais les lignes sautaient sous ses yeux fébriles.

Ce fut enfin le tour de Pat. Il entra d'un air dégagé.

– Prenez place, dit le Dr Brodie. Alors, qu'est-ce qui vous arrive ?

– C'est mon dos, fit Pat en parcourant des yeux le bureau du médecin.

– C'est inhabituel.

– Pourquoi ?

– D'habitude, les gens se plaignent d'avoir mal au dos le lundi pour se mettre en arrêt maladie une semaine.

– Je ne veux pas un arrêt maladie. Je veux quelque chose pour soulager la douleur.

– Vous avez fait un effort particulier ?

– En fait, oui. Sam m'a demandé de déplacer la photocopieuse. Elle était plus lourde que je pensais.

– Ça doit être une petite élongation. Mais il vaut mieux que je vous examine. Allez derrière le paravent et mettez-vous torse nu.

Mais que fait Jenny ? se demanda Pat.

Sur ce, il entendit le bruit d'une lourde chute dans la salle d'attente et la secrétaire arriva en courant, criant :

– Venez, docteur. Il y a une dame qui s'est évanouie.

Pat jeta un œil par-dessus le paravent. Dès que le Dr Brodie fut sorti, il se précipita dans la pièce et balaya du regard le dessus du bureau. Voilà, le bloc de formulaires. Il arracha une feuille, la glissa dans la poche de son blouson, puis retourna dans la salle d'attente où on aidait Jenny à s'asseoir dans un fauteuil.

– Ça va, dit-elle. C'est juste un vertige.

Le médecin vit Pat.

– Il vaut mieux que j'examine cette jeune femme en premier. Attendez-moi ici.

– D'accord, dit Pat. En fait, je crois que je me suis affolé pour rien. Ça devrait passer avec un ou deux antalgiques.

Jenny était emmenée sur la table d'auscultation. Pat attendit anxieusement. Ça dura une éternité. Jenny dut subir un examen complet. À la fin, le Dr Brodie observa ses joues roses et ses yeux vifs et dit lentement :

– Vous êtes en excellente santé. Êtes-vous stressée à cause des meurtres ?

– Oh oui, répondit Jenny, saisissant le prétexte. Hier, j'ai assisté Hamish dans son enquête, sur le moment c'était palpitant. Mais je crois qu'aujourd'hui, j'accuse le coup.

– Je me demande bien ce qui lui prend, à Hamish, de vous mêler à ces affaires de meurtres épouvantables. Je vais lui toucher un mot.

– Oh, non, s'il vous plaît, le supplia Jenny. Je ne voudrais pas qu'il ait des ennuis.

– Peu importe, je vais lui parler. Si vous vous évanouissez de nouveau, venez me voir. La secrétaire vous donnera les formulaires à remplir avec le nom de votre médecin traitant à Londres. Envoyez-moi le jeune homme.

Après avoir soigneusement examiné Pat, le Dr Brodie se dit qu'il perdait son temps. Pat et Jenny étaient l'un et l'autre en parfaite santé.

Après leur départ, il appela le poste de police. Hamish était sorti, aussi il lui laissa un message et rentra à pied chez lui – où il trouva le policier qui l'attendait dans sa cuisine en buvant un café.

Hamish écouta patiemment le sermon du Dr Brodie, puis lui dit d'un ton cynique :

– Vous avez vérifié votre bloc d'ordonnances ?

– Non, pourquoi ça ?

– Un jeune homme en bonne santé comme Pat Mallone prétend avoir mal au dos. Puis une jeune femme en bonne santé s'évanouit, ce qui vous oblige à sortir précipitamment en laissant Pat seul dans votre cabinet. Vous ne trouvez pas ça louche ?

– Il vaut mieux que j'aille vérifier.

– Je vous accompagne.

Ils allèrent à pied au cabinet. Une fois là-bas, le Dr Brodie vérifia son bloc d'ordonnances.

– Il n'en manque pas, dit-il.

– Et rien n'a changé ? Rien n'a été déplacé ?

– Je n'ai pas l'impression.

Un certificat du médecin disant qu'elle était malade, songea Hamish. Il s'apprêta à dire quelque chose puis se ravisa. Il avait le sentiment qu'une fille comme Jenny pouvait découvrir quelque chose si elle restait et était prêt à fermer les yeux sur un petit délit dans l'espoir de résoudre des crimes d'un tout autre ordre.

Hamish retourna au poste et tomba sur une dame aux cheveux gris qui attendait dehors.

– Agent Macbeth ? s'enquit-elle d'un ton sceptique en regardant Hamish, puis le chien bizarre qui l'accompagnait.

– C'est moi-même. Et vous êtes ?

– Mrs Dinwiddie. La sœur de Miss Beattie.

– Entrez, dit Hamish.

Dans la cuisine, elle s'assit avec raideur au bord d'une chaise et croisa les chevilles. Elle portait un chignon démodé. Son visage était tendu, sa bouche réduite à un simple trait. L'espace d'un instant, Hamish se demanda si c'était à force d'étouffer des émotions. Puis il se rappela que sa sœur venait d'être assassinée et qu'elle s'efforçait peut-être de refouler son chagrin.

Il prépara deux mugs de thé puis lui dit gentiment :

– Que puis-je pour vous ?

– Amy m'a parlé de vous en bien. Elle vantait toujours votre intelligence. J'en ai assez de l'inspecteur Blair. Je veux savoir si vous avez progressé dans l'enquête sur le meurtre d'Amy.

– Pas pour le moment, répondit Hamish. Mais on retrouvera le meurtrier, ajouta-t-il avec une confiance qu'il n'éprouvait pas. Soyez-en sûre. Parlez-moi de votre sœur. Pourquoi est-elle partie de chez vos parents ?

– À l'époque, j'étais à l'université à Édimbourg, répondit Mrs Dinwiddie. Elle m'a écrit en me disant qu'elle ne supportait plus de vivre sous leur toit. Nos parents étaient très croyants, très stricts. C'était plus facile pour moi parce qu'ils étaient fiers que je sois entrée à l'université. De toute façon, je n'étais pas une rebelle comme Amy. Ma sœur voulait se maquiller, sortir avec des garçons et ils l'enfermaient dans sa chambre. Puis ils faisaient venir des membres de la congrégation pour lui lire la Bible et la sermonner. Un beau jour, elle est partie. Papa a décrété qu'on ne devait plus jamais prononcer son nom.

– Qu'est-ce qu'elle faisait avant de venir à Braikie ?

– Elle était caissière dans un supermarché. En fait, c'était une très bonne élève, mais elle s'est effondrée juste avant le bac. Je crois que papa était bien plus dur avec elle qu'avec moi. J'avais peur qu'elle fasse une dépression. Je l'ai prévenue quand ils sont morts, mais elle n'est pas venue à leur enterrement.

– Et les petits copains ?

– Elle avait le droit d'en avoir, mais uniquement s'ils étaient de l'Église. Un jour, on l'a vue avec une bande de motards et elle a été enfermée dans sa chambre pendant deux semaines. Je n'ai jamais su si elle voyait quelqu'un. Elle ne me l'a jamais dit.

Perth, songea Hamish. Peut-être le secret est-il enfoui dans son passé.

– La police vous a remis ses papiers ? De vieilles photos ? Ce genre de choses ? demanda-t-il.

– Pas encore. Ils doivent me les donner bientôt.

– J'aimerais bien les voir. Parfois, quand j'arrive à me faire une image d'une personne et de son histoire, voyez-vous, ça m'aide à comprendre la raison pour laquelle elle a été tuée.

– Je vous les enverrai.

– Quand a lieu l'enterrement ?

– Demain, à Perth. Je me suis chargée des préparatifs.

– J'aimerais avoir votre adresse, si cela ne vous dérange pas. Vous habitez bien à Perth ?

– Oui, la voilà, répondit-elle en sortant une carte de son sac à main.

– Je passerai peut-être vous voir d'ici peu.

– Prévenez-moi. Parce que si j'ai des photos ou des papiers susceptibles de vous intéresser, je les mettrai de côté au lieu de vous les envoyer.

Hamish la remercia et la raccompagna.

Il retourna dans la cuisine et donna à manger à Lugs, oubliant qu'il avait déjà été nourri tant il était préoccupé par l'affaire.

Il s'assit à la table et regarda dans le vide.

– Tu vois, Lugs, dit-il au chien dont la tête

indifférente était plongée dans sa gamelle. Le problème, c'est qu'on a une flopée de suspects. Un des parents ? Un des professeurs ? Ça expliquerait le meurtre de Miss McAndrew, mais pas celui de Miss Beattie. Est-ce qu'il y a deux meurtriers ? Qui sait, je dénicherai peut-être des infos à la soirée cinéma.

Lugs s'éloigna nonchalamment de sa gamelle vide, se laissa tomber au sol et s'endormit.

En début de soirée, Hamish mit une sélection de vidéos dans un sac et alla avec Elspeth jusqu'à sa voiture à elle. Braikie grouillait encore de policiers et il ne voulait pas qu'on le voie accompagner des civils avec la voiture de patrouille. Il était presque soulagé qu'Elspeth ait opté pour son look grunge habituel : vieil anorak, jean et chapeau de pêche en tweed. Quand elle était élégante, elle était d'une séduction troublante. De son côté, il était en costume, chemise et cravate, et espérait bassement lui donner des complexes.

– Vous vous êtes fait beau, dites-moi.

– C'est par égard pour la vieille Mrs Harris. Je vois que vous n'avez pas pris cette peine.

– Je n'ai pas eu le temps, répondit gaiement Elspeth. J'étais en reportage. Un petit garçon s'est retrouvé coincé en haut des chutes.

– Qui ça ?

– Diarmuid Patel. Il était au milieu des chutes, tout en haut, et il avait tellement peur qu'il ne voulait plus faire un pas ni dans un sens ni dans l'autre.

– Ce n'est pas bien passionnant.

– Comparé aux violences et aux meurtres, peut-être pas, mais n'oubliez pas que nous sommes un journal local des Highlands.

– Où en est votre horoscope ? Ça fait longtemps que je ne l'ai pas lu.

– Sam dit que c'est ce qu'il y a de plus vendeur, dans les journaux. J'ai du talent.

Hamish s'esclaffa.

– Vous avez surtout une imagination débordante.

Alors qu'ils longeaient la côte, une bourrasque secoua la petite voiture d'Elspeth.

– Ça souffle fort, dans le Sutherland, constata la journaliste. Quand je vois à la télé ces documentaires où les images du ciel sont accélérées et on voit les nuages qui filent d'un horizon à l'autre, je me dis qu'ils devraient venir ici. Ils s'apercevraient qu'ils n'ont pas besoin d'effets spéciaux pour obtenir ce résultat.

Mrs Harris descendit quand ils se garèrent devant chez elle. Pour l'occasion, elle s'était maquillée façon années quarante : poudre blanche et rouge à lèvres carmin.

Elspeth les conduisit au foyer communal et se gara.

La salle était comble, mais Mr Blakey leur avait réservé des places au premier rang. Il remercia Hamish pour les vidéos.

– Je suis ravie, dit Elspeth. Je n'avais pas vu *Green Card* à sa sortie.

Les spectateurs froissaient des sachets de bonbons qui venaient de l'épicerie d'à côté où ils étaient encore vendus en vrac dans de gros bocaux en verre. Une vieille dame assise à côté d'Elspeth lui offrit des Jelly Babies dans un sac chiffonné. Elspeth en prit un et la remercia à mi-voix.

Elle se tourna vers Hamish.

– L'écran est tout petit pour une séance de cinéma, dit-elle. En fait, ce n'est pas un écran. C'est juste une télé.

– Notre ami Blakey n'a pas les moyens de s'offrir autre chose. Chut, ça va commencer.

Hamish se demanda pourquoi les gens étaient si nombreux à être venus par une soirée froide et venteuse pour voir une vidéo sur une télé, alors qu'ils auraient pu en louer une et la regarder confortablement chez eux, puis il se dit que c'était gratuit et qu'ils étaient visiblement contents de se retrouver.

Elspeth se carra dans son fauteuil pour profiter du film, mais ne tarda pas à s'apercevoir que son plaisir était gâché par le brouhaha permanent qui régnait. Certains l'avaient déjà vu et persistaient à raconter à leurs voisins ce qui se passait ensuite, et ceux qui étaient sourds avaient des compagnons qui leur hurlaient des bribes de dialogues à l'oreille.

À la fin du film, il y eut un tonnerre d'applaudissements. Mr Blakey se leva et s'avança, les mains tendues.

– Avant que vous ne partiez, dit-il en s'épongeant le front avec un grand mouchoir blanc, j'ai reçu ce matin une vidéo de l'association Help the Aged, qui vous suggère de la regarder avant de rentrer chez vous. Elle ne dure qu'un quart d'heure.

Il mit la vidéo, appuya sur *play* puis fit signe à quelqu'un qui se trouvait au fond de la salle d'éteindre de nouveau les lumières.

Au début, il n'y avait que des petits points blancs sur du noir.

– Elle doit être abîmée, cria quelqu'un.

Puis soudain, une pièce apparut et la caméra pivota pour se braquer sur une silhouette dans un fauteuil.

– C'est Miss Beattie ! s'écrièrent en chœur des voix terrifiées.

L'écran noir constellé de lumières dansantes réapparut, puis surgit une image du corps sans vie de Miss Beattie qui se balançait au bout d'une corde.

Ce fut un chaos indescriptible. Les personnes âgées se mirent à hurler. Des chaises furent renversées.

L'écran redevint noir.

Hamish se rua vers la porte, la ferma, sortit son portable et appela des renforts.

Il se retourna et cria :

– Rasseyez-vous. Personne ne sortira d'ici tant qu'on n'aura pas pris les dépositions.

– Mais il y a des dames qui se sont évanouies, protesta Mr Blakey.

– Assurez-vous qu'elles vont bien et si ça a l'air

plus sérieux, prévenez-moi. Comment avez-vous eu cette vidéo ?

– Elle a été déposée dans la boîte aux lettres du foyer, je ne sais pas quand. Je l'ai trouvée en arrivant. Elle était accompagnée d'une lettre.

– Il faudra que je la voie. Mais pour l'instant, tâchons de calmer tout le monde.

Hamish traversa la salle et se planta devant l'écran noir. Mr Blakey ralluma les lumières. Des vieilles dames furent raccompagnées à leur siège. Il flottait des relents d'urine. Les pauvres, soupira intérieurement Hamish.

– Écoutez, dit-il. La police va avoir besoin de votre aide. Nous ne vous garderons que le temps nécessaire. Quand les renforts arriveront, donnez simplement votre nom et votre adresse et vous pourrez rentrer chez vous. Si vous pensez avoir des informations qui pourraient être utiles, restez. Bien, cette vidéo qui est censée provenir de Help the Aged a été glissée dans la boîte aux lettres du foyer. Si l'un d'entre vous a vu quelqu'un près de la boîte aux lettres, dites-le-moi. Il n'y a pas une collation après le film, d'habitude ? Il me semble que beaucoup d'entre vous auraient bien besoin d'une tasse de thé.

Six dames se levèrent docilement et se dirigèrent vers la cuisine qui jouxtait la salle. Hamish scruta l'assemblée.

La panique céda lentement la place à l'effervescence. Les dames qui s'étaient évanouies semblaient remises sur pied.

Mr Blakey tendit le fameux courrier à Hamish. Le policier enfila des gants de protection, lui prit la lettre des mains. Elle était dactylographiée. Il lut : « Cher Mr Blakey, en tant que membre de Help the Aged, je pense que ce documentaire de quinze minutes pourrait intéresser vos membres. » Elle n'était pas signée.

– Comment pouvais-je me douter ? implora Mr Blakey. Il y avait une étiquette de Help the Aged sur la vidéo.

– Vous l'avez laissée dans l'appareil ?

– Oui, je l'ai juste éteint.

Des coups retentirent sur la porte et une voix cria : « Police ! Ouvrez ! »

Hamish alla ouvrir et vit Jimmy Anderson flanqué de six policiers.

– On faisait une enquête de voisinage quand on a reçu votre appel, déclara Jimmy. Qu'est-ce qui se passe ?

Hamish lui expliqua la situation. Jimmy ordonna aux policiers de prendre le nom et l'adresse des personnes présentes et de retenir celles qui avaient une information à leur communiquer.

– Où est la vidéo ? demanda-t-il.

– Dans l'appareil. J'ai préféré la laisser là pour les gars de la scientifique. Voilà la lettre qui l'accompagnait.

Jimmy enfila des gants, lui prit la lettre et la glissa dans une enveloppe en papier cristal.

Où est passée Elspeth ? se demanda subitement Hamish en regardant autour de lui. Les policiers circulaient parmi les gens pendant que des dames servaient du thé, des gâteaux et des sandwichs. Aucun signe d'Elspeth.

– Une fois rentré à Lochdubh, faites votre rapport et envoyez-le-moi, lui dit Jimmy. D'ailleurs, vous feriez mieux d'y aller tout de suite.

– Il faut d'abord que je voie Mrs Harris. Elle est venue avec moi.

Hamish se fraya un chemin jusqu'à elle.

– J'ai déjà votre nom et votre adresse, Mrs Harris, alors je peux vous raccompagner.

– Et Elspeth, où est-elle ?

– Je ne sais pas, répondit Hamish.

Comment allait-il rentrer à Lochdubh si Elspeth avait disparu ? Les personnes âgées sortaient peu à peu de la salle, tendues et silencieuses. Hamish étouffa un juron. À tous les coups, Elspeth s'était empressée de faire un papier que Sam enverrait aux agences de presse et aux grands quotidiens. Dès le lendemain, Braikie serait infestée d'une horde de journalistes. Et la pression des médias obligerait ce fou furieux de Blair à reprendre l'affaire.

Hamish accompagna Mrs Harris dehors. Il vit avec soulagement qu'Elspeth était dans sa voiture et discutait avec animation au téléphone. Il toqua à la vitre. Elle dit quelque chose à son interlocuteur et raccrocha.

Hamish et Mrs Harris montèrent dans la voiture.

– Ça va ? demanda-t-elle à Mrs Harris.

– Je ne réalise pas encore, répondit la vieille dame. C'était vraiment Amy, dans ce film, ou c'est une mauvaise blague ?

– On ne tardera pas à le savoir, répondit Hamish. Ça va aller, toute seule ?

– *Aye*, une fois que je serai chez moi, entourée de mes affaires, ça ira mieux.

– Demain matin, tout le monde ne parlera que de ça, dit Hamish. Si vous entendez quoi que ce soit d'intéressant, appelez-moi.

– Je n'y manquerai pas, lui assura Mrs Harris.

Une fois qu'ils l'eurent déposée chez elle, Hamish monta à l'avant de la petite voiture d'Elspeth.

– On rentre, dit-il.

– Je croyais que l'idée, c'était de parler aux gens, pour voir s'ils savent quelque chose, protesta Elspeth. Et la lettre qui accompagnait la vidéo ? Mr Blakey a parlé d'un mot.

– J'ai un rapport à faire, moi ; parler aux gens, ça peut attendre. Que signifiait cette vidéo ? Elle ne montrait pas les meurtres.

– C'est peut-être un avertissement, suggéra Elspeth en esquivant adroitement un mouton effrayé planté au milieu de la route. Il est possible que quelqu'un essaie de faire chanter le ou les meurtriers, quelqu'un qui était au courant. Ils ont refusé de payer et ce serait une façon de les avertir que la prochaine fois, il en montrera plus.

– On est dans les Highlands, ici, en Écosse ! cria Hamish, exaspéré. Pas dans un film d'horreur, merde. Attendez. Un film d'horreur. Je sais. Un enfant. Et si un enfant avait trouvé la vidéo et voulu faire une blague en l'envoyant au foyer, sans savoir qu'elle contenait les scènes d'un vrai meurtre.

– Et tapé la lettre qui l'accompagnait ? Il y a peu de chances.

– Vous avez raison.

– Vous savez ce que ça signifie ?

– Quoi donc ?

– Ça signifie, reprit patiemment Elspeth, que si la personne qui a envoyé la vidéo au foyer était au courant des meurtres mais ne les a pas commis, elle risque d'être elle-même assassinée.

– Ça ne marche pas. La personne qui a filmé le meurtre est complice de celui ou ceux qui ont pendu Miss Beattie. Il ou elle encourt une longue peine.

Soudain, Elspeth se gara sur le bas-côté. Elle se rua hors de la voiture et fut prise de violents vomissements. Hamish descendit et lui tendit un mouchoir passablement crasseux.

– Ça va aller, dit-il gentiment. C'est le choc.

Elspeth hoqueta, suffoquant à moitié, puis rendit son mouchoir à Hamish sans l'avoir utilisé. Elle sortit un paquet de kleenex de sa poche, en prit un et s'essuya la bouche.

– Désolée, Hamish. C'est un cauchemar.

– À qui le dites-vous, répondit-il d'un ton grave. Montez, je prends le volant.

Au restaurant italien, Jenny et Pat Mallone finissaient leur repas quand Iain Chisholm entra. Il se pencha vers des clients attablés et leur chuchota quelque chose avec véhémence. Des cris et des exclamations choquées fusèrent. Iain s'en alla. Les clients auxquels il avait parlé se penchèrent vers la table voisine et chuchotèrent à leur tour. De nouveau, il y eut des cris de stupeur et d'effroi.

– Il se passe quelque chose, dit Pat en se levant. Je vais voir ce que c'est.

Il s'approcha des clients auxquels Iain s'était adressé. Jenny observa la scène. Elle n'entendait pas ce qui se disait car ils murmuraient. Au bout d'un moment, Pat revint.

– Il faut que j'aille au bureau, dit-il. Tu ne croiras jamais ce qui est arrivé.

– Quoi ?

– Ce soir, ils ont passé une vidéo au foyer communal de Braikie. Quelqu'un l'avait déposée en disant que c'était un court documentaire de Help the Aged. On y voyait Miss Beattie pendue au bout d'une corde.

– Non !

– Il faut que je voie Sam et que je file à Braikie.

– Je peux venir ?

– Non, il faut que je prenne un photographe avec moi.

Quand Pat arriva au journal, il découvrit qu'Elspeth avait déjà dicté son papier par téléphone et qu'il avait été envoyé aux grands journaux avec des photos d'archives du foyer communal.

Pat se mordilla le pouce, contrarié. Au moins, les grands quotidiens enverraient leurs propres journalistes et la plupart d'entre eux réécriraient les papiers d'Elspeth pour les signer eux-mêmes. Il ne voulait pas qu'Elspeth se voie offrir un poste dans un grand journal avant lui.

Hamish travailla à son rapport jusque tard dans la soirée. Blair rappela à deux heures du matin et lui ordonna de filer à Braikie à la première heure pour faire une enquête de voisinage. Hamish mit son réveil et essaya de trouver le sommeil, enviant Lugs qui ronflait au bout de son lit. Mais impossible de dormir. Il était sûr que la clé de l'énigme se trouvait parmi toutes les personnes qu'il avait interrogées. Et cette clé lui avait échappé.

# 7

« Hélas, l'amour est si charmant
Un bref instant, quand il naît !
Mais il s'étiole au fil du temps,
Et s'évapore telle la rosée. »

Anonyme

Le lendemain matin, Jenny prenait son petit déjeuner. Elle était aux anges. Pat lui avait confié son ambition de devenir un journaliste de premier plan dans un grand quotidien avant de se faire engager à la télévision. Jenny était bien décidée à rentrer à Londres fiancée. Hamish Macbeth s'avérait difficile, et elle lui en voulait obscurément de l'avoir surprise à mentir. Mais si elle était mariée à un grand journaliste, ça en jetterait. Fini les histoires décevantes, les rencards sans lendemain. Elle deviendrait Mrs Mallone. Ils auraient une belle maison dans un quartier branché de Londres, il partirait travailler le matin et elle n'aurait rien d'autre à faire que de laisser des instructions à la femme de ménage. Elle ne serait plus obligée de travailler. D'aller au bureau. Ce serait fabuleux d'être mariée avant Priscilla ! Je lui demanderai d'être ma demoiselle d'honneur, se dit Jenny. Je lui ferai porter une robe jaune. Le jaune ne lui va pas au teint.

Bien, qu'allait-elle faire aujourd'hui ? Pat avait appelé pour dire qu'il passerait la journée à Braikie. Elle pouvait toujours y aller pour essayer de dénicher des infos de son côté. Oui, c'était peut-être une bonne idée. Si elle était appelée à devenir Mrs Mallone, elle devait aider son futur mari à percer. C'était évident. Il deviendrait correspondant à l'étranger pour la BBC, elle l'accompagnerait aux quatre coins du monde et deviendrait célèbre. Certes, cette perspective gâchait quelque peu son rêve d'une existence oisive de femme au foyer. Soudain, elle se souvint de la prédiction du voyant. Il avait raison ! Elle irait le voir en premier.

N'était-elle pas censée lui apporter un cadeau ?

Elle alla à l'épicerie Patel où elle acheta une grande boîte de chocolats, puis gravit la colline pour se rendre chez Angus. Les herbages tondus par les moutons étaient parsemés de mouettes qui se tenaient immobiles comme des oiseaux empaillés, les plumes de la queue au vent. Jenny ignorait que c'était le signe d'une tempête imminente.

Elle poursuivit péniblement son ascension et arriva à bout de souffle chez le voyant. Elle s'apprêtait à frapper à la porte, quand Angus vint lui ouvrir. Il avisa la grande boîte de chocolats avec un regard ravi. Angus adorait les sucreries.

– Entrez, mon petit, dit-il. Je vous attendais.

– Ah bon ? fit Jenny avec un délicieux frisson d'appréhension.

Elle entra en lui tendant la boîte. Jenny raffolait des chocolats et espérait qu'il ouvrirait la boîte et lui en proposerait, mais Angus la pria de s'asseoir et emporta son présent dans la cuisine.

– Vous voulez du thé ? demanda-t-il quand il revint.

– Non, rien, merci, répondit Jenny. Vous avez appris ce qui est arrivé hier au foyer communal ?

– Bien sûr.

– Et vous aviez tout vu, n'est-ce pas ?

L'espace d'un instant, Angus eut l'air stupéfait. Il se souvenait vaguement qu'il s'était passé quelque chose de bizarre quand cette fille était venue le voir avec Hamish, mais il ne se rappelait plus ce qu'il avait dit.

– *Aye*, s'exclama-t-il d'un ton grandiloquent. Je vois l'avenir.

Jenny frétilla d'excitation.

– Vous avez donc vu qui a commis ces meurtres ?

– J'y travaille, tempéra Angus. J'ai dit que je voyais l'avenir.

– Oui, mais si vous voyez l'avenir, alors vous savez qui Hamish va arrêter.

– Hamish Macbeth a eu beaucoup de chance, mais il se pourrait bien que sa chance tourne. Il est possible qu'il ne découvre jamais qui a tué ces deux femmes.

– J'aimerais tant l'aider, déclara-t-elle avec force.

– En ce cas, vous perdez votre temps. Macbeth ne s'intéresse pas à vous.

Jenny rougit jusqu'à la racine des cheveux. Elle se leva et rétorqua, furieuse :

– Vous n'êtes pas aussi malin que vous le croyez. Si vous vous imaginez que j'ai des vues sur Hamish Macbeth, vous vous trompez lourdement. Vu ce que vous avez à me dire, ça ne valait pas la peine de vous apporter une grande boîte de chocolats. Je vais les reprendre.

Angus resta un bref instant sans voix. C'était la première fois qu'on osait lui demander de rendre un cadeau.

– Sortez d'ici, rugit-il, et ne revenez jamais. Il va vous arriver malheur, mais vous êtes d'une telle grossièreté, d'une telle mesquinerie, que je ne vous dirai pas quoi.

Il se dressa au-dessus d'elle. Soudain terrifiée, Jenny se leva d'un bond, l'évita et se précipita vers la porte. Elle l'ouvrit d'un coup sec et se rua dehors. Les nuages filaient dans le ciel. Elle se dit que c'était sans doute le seul endroit de Grande-Bretagne où le temps pouvait changer quatre fois dans la même journée. Un arc-en-ciel s'était formé au-dessus des eaux noires houleuses du loch et elle se surprit à se demander de façon absurde pourquoi il ne pliait pas sous la férocité du vent.

Allait-il lui arriver malheur ? Ou était-il seulement furieux qu'elle lui ait demandé de lui rendre les chocolats ? Essayant de se défaire d'un mauvais pressentiment, elle regagna le quai et monta dans sa voiture. Direction Braikie, à présent. Elle longeait lentement le quai, quand Iain Chisholm sortit en courant de son garage, en lui faisant signe de s'arrêter. Elle pila et baissa la vitre.

– Vous allez loin ?

– À Braikie.

– Il va y avoir de la tempête. Cette voiture n'a que trois roues. Elle risque d'être renversée quand vous arriverez sur la route côtière. Je pourrais peut-être la lester avec quelque chose de lourd.

Mais Jenny, encore effrayée par le voyant, était pressée de partir.

– Ça va aller, répliqua-t-elle sèchement. Si jamais ça souffle trop fort, je m'arrêterai.

Elle embraya et repartit avant que Iain n'ait pu dire quoi que ce soit.

À la sortie de Lochdubh, en haut de la première colline, une violente bourrasque mêlée à de la pluie ballotta la voiture qui se mit à tanguer, la forçant à s'agripper farouchement au volant ; mais elle ne tarda pas à redescendre de l'autre côté au milieu des ajoncs qui s'étendaient à perte de vue. Une fois arrivée à Braikie, ça ira, se dit-elle. Elle se dirigea lentement vers la côte sous un ciel noir et devant elle, le ruban luisant de la petite voie à sens unique qui se tordait comme une anguille géante. Elle négocia un virage en épingle et rejoignit la route côtière. Des vagues monstrueuses s'écrasaient sur la plage. Ça va aller, ça va aller, se répétait-elle avec acharnement. Encore quelques kilomètres et je serai à l'abri des maisons. Elle était à mi-chemin quand dans un rugissement, le vent frappa la voiture et la coucha sur le flanc.

En essayant de détacher sa ceinture, elle se rendit compte qu'elle avait le bras cassé. Impuissante, elle resta appuyée contre la portière, priant le ciel que l'on vienne à son secours. Puis elle s'aperçut qu'au grondement du vent s'ajoutait à présent celui des vagues. Une énorme lame balaya la petite voiture et l'entraîna dans un fossé. La douleur au bras lui arracha un hurlement et elle s'évanouit.

De sa petite ferme qui surplombait la route côtière, Duncan Moray assista à la scène, décrocha son téléphone et appela la police. Il avait plus de quatre-vingts ans et ne se sentait pas la force d'aller lui-même à sa rescousse.

Jenny reprit conscience. Une autre vague s'abattit sur la plage. Il ne lui restait plus qu'à espérer que la marée se retire et l'épargne miraculeusement. Oh non, elle allait mourir dans ce pot de yaourt à l'extrême nord des îles Britanniques, et tout ça, parce qu'elle était jalouse de Priscilla.

Puis soudain, elle crut à une hallucination, car

elle vit apparaître la tête de Hamish Macbeth par la vitre du côté passager. Mais elle ne rêvait pas et il ouvrit brusquement la portière.

– Il y a une énorme vague qui arrive, lança-t-il. Attrapez ma main.

– J'ai le bras cassé, gémit Jenny. Le bras droit.

– Donnez-moi la main gauche. Vite !

Mais une autre vague s'abattit, trempant Hamish et inondant la voiture.

– Vous voulez mourir ? hurla Hamish quand elle se retira.

Il se pencha, lui passa le bras autour de la taille et la tira vers le haut.

– Voilà l'ambulance, dit-il puis il cria par-dessus son épaule : Allez, les gars, on va tous finir noyés.

Il lâcha Jenny qui retomba en gémissant. La voiture oscilla puis fut redressée. Une autre vague frappa et elle entendit des cris et des jurons à l'extérieur. Puis la portière s'ouvrit et deux ambulanciers la sortirent avec précaution. Ils la transportèrent dans l'ambulance sur un brancard et claquèrent la portière arrière.

L'ambulance partit. Une vague se fracassa sur le véhicule et le conducteur poussa un juron. Le secouriste qui était auprès de Jenny lui dit :

– J'aimerais bien vous mettre une attelle sur le bras, mais ça secoue tellement que ce ne serait pas prudent. Vous n'avez pas entendu qu'il était recommandé de ne pas sortir ?

Mais Jenny s'était de nouveau évanouie.

Elle reprit connaissance au moment où on l'installait dans un fauteuil roulant. Elle était trempée jusqu'aux os et grelottait sous l'effet du froid et du choc. À l'hôpital, un employé du bureau des admissions lâcha d'un ton acerbe :

– C'est dommage de bloquer un lit pour une simple fracture au bras. Mais il vaut mieux lui retirer ses vêtements mouillés et l'envoyer à la radio.

Jenny n'avait rien d'une héroïne, elle le savait pertinemment. Elle avait l'impression d'être une gamine pourrie gâtée et la conviction superstitieuse qu'Angus lui avait jeté un mauvais sort.

Heureusement pour Jenny, une fois qu'elle fut lavée de la tête aux pieds, bourrée de puissants antalgiques, puis revêtue d'une blouse d'hôpital et d'un peignoir, elle retrouva tout son charme ; et un médecin qui n'y était pas insensible insista pour qu'on la garde jusqu'au lendemain après l'avoir plâtrée.

La première à lui rendre visite fut Elspeth.

– J'aimerais faire un papier sur votre accident, annonça-t-elle.

– Je me sens tellement bête, dit Jenny. On va me prendre pour une idiote.

– Mais non. Les gens savent que vous n'êtes pas habituée au temps qu'il fait ici, la rassura Elspeth, tout en songeant qu'elle en avait assez de ces imbéciles inconscients des dangers du climat des Highlands – les grimpeurs qui devaient être secourus à grands frais et vendaient ensuite le récit de leurs mésaventures aux tabloïdes sans penser à donner un penny au Highland Rescue, dont les membres avaient risqué leur vie pour les sauver.

– J'enverrai le photographe pour vous tirer le portrait dès que j'arriverai à le joindre, ajouta-t-elle. Vous êtes très jolie.

Jenny lui raconta ce qui s'était passé, en omettant de dire que Iain avait essayé de la mettre en garde, sans se douter qu'Elspeth l'apprendrait avant la fin de la journée.

Jenny omit également le fait que l'agent Macbeth avait été le premier à lui porter secours.

– Vous n'avez pas parlé de Hamish, lui fit remarquer Elspeth.

Jenny en voulait obscurément à Hamish de l'avoir prise en flagrant délit de mensonge et de ne pas la trouver suffisamment attirante.

– Oh, fit-elle avec une moue boudeuse, ça ne me semble pas nécessaire. Ce sont les secouristes qui m'ont sortie du véhicule.

– J'ai vu Hamish avant de venir, dit Elspeth. Le pauvre était dans le fourgon de police, il était uniquement couvert d'une petite serviette et essayait de faire sécher ses vêtements devant un minuscule radiateur.

– Il faut que je demande le nom des secouristes, reprit Jenny en évitant soigneusement de parler de Hamish. Je voudrais les remercier.

Elspeth ferma son carnet.

– Bon, ce sera tout. Ce n'est pas à Londres qu'il se passerait des choses aussi palpitantes.

– Je pensais que Pat se chargerait de m'interviewer.

Jenny sortit un petit miroir de son sac à main et se regarda.

– Je suis sûre qu'il aurait été ravi de le faire. Il n'était pas au bureau quand je suis partie. Sam était en train de lui passer un coup de fil. Il ne s'était pas réveillé.

– Mais il va bientôt arriver ?

– Je ne vois pas pourquoi, répondit Elspeth. J'ai tous les éléments.

Quand elle fut partie, Jenny se maquilla et se brossa les cheveux. Avec le bras plâtré, ce n'était pas facile. Elle reçut ensuite la visite de Hamish Macbeth, qui était vêtu d'un vieux pantalon trop court et d'un long pull jacquard.

– Désolé pour ma tenue, dit-il. J'ai emprunté des vêtements. Mon uniforme est sec mais il était couvert de sel et j'ai dû le donner au pressing.

– Et la voiture d'Iain ? On a pu la sauver ?

– On n'a même pas essayé. Elle est assurée. J'ai appelé Iain et il m'a dit que de toute façon elle était bonne pour la casse et qu'il valait mieux la laisser à l'eau. Je vois que vous avez mis les paravents autour de votre lit. C'est si grave que ça ?

– C'est un bon moyen de ne pas avoir à parler aux autres patients.

– Vous devriez essayer. Vous pourriez apprendre des choses.

– Je vous ai assez aidé, répliqua-t-elle sèchement.

– Comme vous voudrez. J'étais juste venu voir comment vous alliez, riposta Hamish avec un accent chuintant qui trahissait son agacement, avant de tourner les talons.

Mais après son départ, Jenny se dit que c'était ridicule. Elle avait risqué sa vie pour essayer d'élucider les meurtres. Elle tendit son bras valide et écarta le rideau du paravent. Elle découvrit sa voisine avec étonnement. C'était Jessie Briggs, l'ancienne chouchoute de Miss McAndrew.

– Qu'est-ce que vous faites là ?

– Lavage d'estomac, répondit Jessie d'une voix faible.

– Overdose ?

– Non, il m'a quittée. Mon copain. Je lui ai dit de m'offrir une bouteille comme cadeau d'adieu et je l'ai vidée avec une grande quantité d'aspirine. Je n'avais plus envie de vivre. (De grosses larmes coulaient sur ses joues livides ; elle les essuya du revers de la main.) J'ai failli réussir mon coup sauf que la vieille d'à côté a jeté un œil par la fenêtre, vu que j'étais allongée par terre et appelé les secours.

– Vous devriez lui être reconnaissante. Elle vous a sauvé la vie.

– À quoi bon ?

– Vous avez appelé les Alcooliques anonymes ?

– Oh, ceux-là. Je les ai appelés une fois. J'ai expliqué que c'était entièrement la faute de Miss McAndrew si j'étais dans cet état-là, et là, la bonne femme me dit : « Personne ne vous force à boire.

Elle ne vous a pas plaquée au sol pour vous verser de l'alcool dans le gosier. » Je lui ai dit que c'était parce qu'elle m'avait gâché la vie. Elle m'a répondu qu'avant, elle aussi s'apitoyait sur son sort et accusait la terre entière d'être responsable de son alcoolisme. Je lui ai dit d'aller se faire foutre.

– Essayez encore et allez-y. Vous n'avez rien à perdre.

– Peut-être.

– Qui l'a tuée, à votre avis ?

– Qu'est-ce que j'en sais ? Un des profs. Elle leur menait une vie d'enfer. Joseph Cromarty, le quincailler. Il la détestait. Je suis passée devant eux un jour, dans la rue, peu de temps avant qu'elle ne soit tuée, il lui gueulait dessus en lui disant qu'elle était une honte et qu'heureusement, elle avait pris sa retraite. Que si elle était restée, il l'aurait tuée.

– Joseph est un brave homme, intervint une vieille dame dans le lit d'en face.

– La ferme, mêlez-vous de vos oignons, répliqua sèchement Jessie.

Jenny glissa un sourire gêné à la vieille dame.

Jessie se renversa sur son oreiller et ferma les yeux à l'instant où arrivait un nouveau visiteur pour Jenny – Iain Chisholm.

– Dans quel état est la voiture ? demanda Jenny.

– *Och*, je la récupérerai à marée basse. J'avais bien essayé de vous mettre en garde.

– Je suis vraiment désolée. Hamish m'a dit que vous étiez assuré.

Iain maudit intérieurement Hamish Macbeth. Il était venu voir Jenny à l'hôpital dans l'espoir de lui soutirer un chèque.

– C'est vrai, oui, maugréa-t-il. Mais c'était une voiture rare. Il n'y en a plus beaucoup de nos jours.

Il avait l'air si furieux que Jenny s'empressa de dire :

– Je peux peut-être vous en louer une autre. Je devrais pouvoir bientôt reprendre le volant.

– J'ai une petite Morris Minor. Mais je serai obligé de vous prendre plus cher, vu que vous êtes à risque.

– Combien ?

– Cent vingt-cinq livres par semaine.

– Je vais réfléchir.

Jenny imita Jessie et se renversa sur son oreiller, puis ferma les yeux en se disant qu'elle irait à Strathbane louer un modèle plus récent.

Elle garda les paupières closes jusqu'à ce qu'elle entende Iain partir.

Elspeth retrouva Pat Mallone dans la rue principale de Braikie. Un vent violent éparpillait les ordures des poubelles renversées. Elle avait le visage ruisselant de pluie.

– On va se mettre à l'abri pour échanger nos impressions, cria-t-il.

Ils se réfugièrent dans le pub miteux. La plupart des pubs proposaient du café, mais pas celui-là. Ils commandèrent des sodas et s'attablèrent dans un coin.

– Je suis allé au collège, dit Pat, pour essayer de parler aux profs, mais Arkle, le principal, m'a viré avant que je n'aie pu en voir un seul. Et toi ?

– J'ai interviewé Jenny. C'est un bon fait divers.

– Qu'est-ce qui s'est passé ? s'étonna Pat.

Elspeth savait qu'en ville, on ne parlait que du sauvetage de Jenny et se demanda une fois de plus comment un journaliste comme Pat Mallone pouvait passer à côté d'événements qui se déroulaient sous son nez. Il ne s'était pas réveillé, comme d'habitude, et il avait dû foncer au collège de Braikie, se faire éconduire, et sans essayer autre chose, se mettre à sa recherche pour s'éviter du travail. Elle lui raconta le sauvetage de Jenny.

– Je vais aller la voir à l'hôpital.

– Pourquoi ? J'ai déjà dicté le papier au téléphone.

– C'est une copine. Il vaut mieux que j'y aille tout de suite.

Quand il tourna le dos, Elspeth le fusilla du regard. Avant que Jenny n'arrive, Pat s'intéressait clairement à elle. Pour ce qui était de Hamish, en revanche, elle n'avait rien à craindre de Jenny. C'était mesquin de sa part de ne lui accorder aucun mérite dans son sauvetage. Elspeth sourit en pensant au papier qu'elle avait dicté à la rédaction et qui sortirait dans l'hebdomadaire sous le titre de Sam : UN HÉROS LOCAL.

Elle décida de se rendre au foyer communal pour voir si Mr Blakey était disponible. Au moment où elle sortait du pub, le vent lui arracha son vieux chapeau de pêche et l'envoya bouler dans la rue. Elspeth se lança à sa poursuite, mais une nouvelle bourrasque l'expédia par-dessus les toits.

Quand elle fut à l'abri, dans le foyer, l'eau qui ruisselait de ses cheveux dégoulinait sur son visage. Mr Blakey était en train de passer la serpillière.

– Il y a une fuite dans le toit, dit-il tristement. Je vous ai vue dans la salle hier.

– Avant tout, vous auriez une serviette ou quelque chose pour me sécher les cheveux ?

– Désolé, il n'y a que le sèche-mains des toilettes.

– Ça ira.

Elspeth traversa la salle pour se rendre dans les toilettes des dames. Elle cogna sur le sèche-mains et s'accroupit dessous en tendant le bras pour le remettre en marche chaque fois qu'il s'éteignait automatiquement. Puis elle se releva, sortit une brosse de son grand sac et la passa dans ses cheveux frisés avant de retourner dans la salle.

– J'ai essayé de venir un peu plus tôt, dit-elle. Je suis du journal local. Je pensais qu'il y aurait une foule de journalistes, ici.

– C'est ce que je pensais aussi, mais il y a eu un glissement de terrain sur la route. Il y en a deux qui ont essayé de gravir la colline et qui ont dû être secourus. Mais la marée descend, et ils ne devraient pas tarder à dégager la route.

– Vous avez dû être très choqué par la vidéo.

Mr Blakey se laissa tomber sur une chaise.

– J'ai peur, dit-il. C'est horrible de faire une chose pareille, et pourquoi s'en prendre à de vieilles gens ?

– Est-ce qu'on sait si un membre du club a vu quelqu'un traîner dans la salle ou aux abords quand le paquet a été déposé ?

– Le problème, c'est que j'ai trouvé le paquet en arrivant. Vers dix-sept heures. Il a pu être déposé n'importe quand dans la journée.

– Je vous ai vu donner une lettre à Hamish.

– Oui, elle accompagnait la vidéo. Mais je me répète. Elle disait juste que c'était une vidéo de Help the Aged.

– Elle était dactylographiée ?

– Oui.

– Bon, la police va ratisser Braikie pour retrouver la machine à écrire qui a servi.

– Ce qui m'inquiète aussi, reprit Mr Blakey, c'est que les membres du club vont avoir peur de revenir voir un autre film. Ça leur faisait tellement plaisir.

– Je vais voir ce que je peux faire.

Elspeth imaginait déjà en appeler à la communauté. Peut-être faire une collecte pour acheter un projecteur de cinéma et un véritable écran. Elle lui posa quelques autres questions, puis lui dit qu'elle avait un papier à rendre. Elle ressortit sous la tempête et regagna sa voiture en s'arrêtant au passage pour acheter un chapeau de pluie et une serviette.

Une fois dans la voiture, elle se sécha de nouveau, puis sortit son ordinateur portable, recula au maximum le siège pour être plus à l'aise et se mit à taper à toute vitesse. Quand l'article fut terminé, elle l'envoya, puis appela Sam, le rédacteur en chef. Elle lui parla de son idée de lancer un appel pour venir en aide au club du troisième âge.

– Super, approuva Sam. Où est Mallone ?

– Je crois qu'il est allé voir Jenny à l'hôpital.

– Tu ne lui as pas dit que tu t'étais chargée de faire le papier ? Et au fait, tu as un appareil photo ? Harry ne peut pas passer. Il y a un glissement de terrain.

Harry était le photographe.

– Oui, j'ai un appareil.

– Bon, prends une photo de Jenny et une autre de Hamish. Et prends autant de photos que tu peux des gens du coin. C'est ce qui fait vendre ce journal. Et demande à Pat d'en prendre aussi.

– Je ne suis pas sûre qu'il ait un appareil.

– Je songe sérieusement à le virer, tu sais.

– Commence par lui passer un savon.

– C'est ce que j'ai fait. Et visiblement, ça n'a eu aucun effet.

Elspeth raccrocha et chercha son appareil photo. Elle se rendit à l'hôpital. Pat était assis au bout du lit de Jenny et riait, faisant des blagues et mangeant les trois quarts des chocolats qu'il lui avait apportés.

– Tiens, regarde qui voilà ! lança Pat.

– Harry ne peut pas passer, alors je suis venue faire une photo de Jenny, expliqua Elspeth. Tu as un appareil, Pat ?

– Non.

– Quand j'aurai fini, il faudra que tu viennes avec moi. Sam veut qu'on prenne le plus de photos possible des gens du coin et qu'on les interviewe.

– Tu ne peux pas t'en charger ?

– Ce serait bien que tu m'aides.

Elspeth prit plusieurs clichés de Jenny, puis dit :

– Allez viens, Pat.

– Je n'ai pas d'ordres à recevoir de toi, maugréa-t-il, mais il se pencha pour embrasser Jenny sur la joue et suivit sa collègue à contrecœur à l'extérieur. Je te suis, on se retrouve dans le centre, cria-t-il pour couvrir le grondement du vent.

Elspeth démarra et se gara dans la rue principale. Mais quand elle descendit de voiture, il n'y avait aucun signe de Pat Mallone. Elle se dirigea d'un pas las vers la poste.

En entrant, elle eut la bonne surprise de tomber sur six vieilles dames attroupées autour du comptoir devant Mrs Harris, qui discutaient avec animation des événements de la veille. Elspeth les interviewa puis les prit en photo.

Alors que la jeune femme retirait la pellicule de l'appareil et cherchait un nouveau rouleau dans ses poches, Mrs Harris s'exclama :

– Oh, vous avez vu ?

Elles se retournèrent toutes, affolées. Mrs Harris montrait la devanture.

– Le soleil, dit-elle.

Une fois de plus, le temps avait brusquement changé. La rue était inondée d'un soleil d'or pâle.

Elspeth sortit de la poste. Le vent tombait rapidement et les nuages refluaient. Elle fit le tour des rues et des magasins, photographiant et interviewant les villageois, heureuse de sentir le vent radouci et la caresse du soleil sur sa joue. Elle cherchait Hamish Macbeth. Elle finit par tomber sur lui alors qu'il sortait du pressing. Il portait le vieux pull et le pantalon qu'il avait empruntés et tenait son uniforme nettoyé et repassé. Elspeth se saisit de son appareil et le photographia.

– *Och*, Elspeth, protesta-t-il. Vous ne pourriez pas attendre que je sois en uniforme ?

– C'est mieux comme ça. Vous n'auriez pas vu Pat Mallone ?

– Non.

Elspeth soupira.

– Vous savez quoi, Hamish, mon enveloppe de frais n'est pas énorme, mais elle me permet quand même d'inviter un policier à déjeuner.

– Volontiers. Où ça ?

– L'auberge où on est allés la dernière fois, à la sortie de Braikie, ça vous va ?

– Parfait.

– Ma voiture est juste là.

– Si Blair me voit, dit Hamish en jetant un coup d'œil autour de lui, c'est cuit.

– Alors, dépêchez-vous !

Ils venaient de s'installer dans la salle du restaurant, quand le portable d'Elspeth sonna.

– Excusez-moi, dit-elle à Hamish puis elle prit l'appel.

– Je vais aller enfiler mon uniforme, décida Hamish. Heureusement, je ne portais pas ma casquette, tout à l'heure, autrement elle aurait été irrécupérable.

Elspeth entendit Sam.

– Mallone a assuré, je n'en reviens pas ! s'exclama-t-il. Ses interviews sont excellentes, meilleures que les tiennes. Mais sans photos. Tu pourrais aller là-bas pour en prendre, si je te donne les adresses ?

– Attends, je prends mon carnet, dit-elle en le sortant de son sac et en l'ouvrant sur la table. Vas-y, je t'écoute.

Elle nota les noms et les adresses, puis elle hasarda :

– Tu es sûr que ces gens existent, Sam ? Franchement, Mrs McHaggis de Tavistock Street ? Non seulement le nom est farfelu, mais en plus Tavistock Street, à Braikie, ça ne me dit rien. Tu sais quoi, je déjeune avec Hamish Macbeth. Je lui montre les noms et les adresses et je te rappelle.

Quand Hamish revint en uniforme, Elspeth lui parla des interviews, des noms et des adresses qu'avait indiqués Pat Mallone.

– Montrez, fit Hamish.

Il lut attentivement la liste, puis se renversa sur sa chaise, l'air amusé.

– Ce type devrait écrire des romans.
– Vous êtes sûr ?
– Je connais toutes les rues de Braikie et il n'y a pas une seule adresse existante sur cette liste.
– Il vaut peut-être mieux que j'en parle à Sam.
– Vous ne pouvez pas faire autrement. S'il publie ça, les gens de Braikie vont lui tomber dessus.
Elspeth rappela Sam et lui expliqua que Pat avait tout inventé.
– Cette fois, c'en est trop, lâcha le rédacteur en chef. Je lui donnerai un préavis d'un mois. C'est plus qu'il ne mérite.

Vautré à l'extrémité du lit, Pat régalait Jenny d'histoires passablement enjolivées de sa vie à Dublin quand son téléphone sonna.
Au bout du fil, il entendit la voix furieuse de Sam.
– Tu es viré.
– C'est le bureau, lança Pat à Jenny d'un ton désinvolte, puis il sortit précipitamment de la salle. Pourquoi ? demanda-t-il à Sam.
– Parce que tu as inventé tous ces gens, ces interviews et ces adresses, voilà pourquoi. Tu as un préavis d'un mois.
– Et merde ! s'exclama Pat, en faisant sursauter une infirmière qui passait.
Quand il revint dans la salle, Jenny leva les yeux.
– Qu'est-ce qu'il y a ?
Il approcha une chaise du lit et tira les paravents.

– J'ai inventé des interviews et Sam s'en est aperçu, dit-il. Il m'a viré.

– Mon pauvre, fit Jenny. Qu'est-ce qu'on va faire ?

Encouragé par ce « on », Pat approcha encore la chaise.

– Je me demandais si tu pourrais m'héberger une semaine à Londres, se risqua-t-il en jouant à fond la carte du charme irlandais. Je suis sûr de décrocher un job dans un grand quotidien.

Jenny le regarda d'un œil sceptique, se demandant comment il pouvait espérer se faire embaucher dans un grand quotidien alors qu'il venait de se faire virer d'un journal local. Les seuls petits copains qu'elle avait réussi à garder étaient ceux qui vivaient à ses crochets. Non seulement elle gagnait bien sa vie, mais elle recevait également une petite rente d'un trust familial.

– J'ai une meilleure idée, dit Jenny. Tu as un mois de préavis. Si on découvrait qui est le meurtrier, ça te ferait un super papier que tu pourrais envoyer directement aux grands journaux. Comme ça, tu serais sûr de décrocher un job. Je t'aiderai.

– Si la police n'y est pas arrivée, je vois mal comment on pourrait, ronchonna Pat.

– J'ai une piste.

– Laquelle ?

Elle lui expliqua comment Joseph Cromarty avait menacé de tuer Miss McAndrew.

– Tu pourrais commencer par là. Regarde ! Il y a du soleil.

Pat réfléchit à toute vitesse. Il ferait semblant d'être d'accord, lui demanderait son adresse l'air de rien avant qu'elle ne s'en aille et débarquerait chez elle à l'improviste. Mieux valait se montrer enthousiaste.

– Super idée, dit-il en se levant. Je me mets au boulot tout de suite.

Mais quand, après avoir quitté l'hôpital, il arriva dans la rue principale, il tomba sur des hordes de journalistes. La route avait dû être dégagée rapidement. Il alla au pub, sachant qu'il y trouverait des confrères. Il pouvait peut-être leur demander des tuyaux pour se faire engager dans un grand quotidien.

À la fin de la journée, Hamish était épuisé. Blair lui avait ordonné de rentrer chez lui, impatient de se débarrasser de ce policier qui avait la manie de s'accaparer la gloire.

L'agent Macbeth donna à manger à Lugs, puis se prépara à dîner. Il aurait bien aimé avoir la permission de se rendre à Perth, mais il était sûr qu'il ne l'obtiendrait jamais. Miss Beattie était la clé de cette affaire, il en était sûr. Il s'était fait mal à l'épaule en redressant la voiture de Jenny et en luttant contre la force des vagues. Il pouvait persuader le Dr Brodie de lui prescrire un jour d'arrêt.

– Lugs, héla-t-il.

Le chien pencha sa grosse tête et le regarda de ses étranges yeux bleus.

– Ça te dirait de faire un tour à Perth ?

# 8

> « Ce qui est passé, quand on n'y peut plus rien, ne devrait plus nous affliger. »
>
> William Shakespeare

Le lendemain, Hamish passa voir le Dr Brodie à l'heure du petit déjeuner et prétexta l'épuisement. Il avait hésité à confier Lugs à Angela, mais c'était le meilleur moyen pour que le bon docteur se doute qu'il mentait et cherchait seulement une excuse pour aller quelque part.

– Je comptais t'emmener, de toute façon, lança Hamish au chien qui trônait fièrement sur le siège passager. Mais surtout pas de bêtises. Je ne veux pas avoir à te promener toutes les dix minutes.

Il entendit toquer à la vitre, la baissa et tomba sur le regard perçant des sœurs Currie.

– Vous n'allez pas à l'église, ce matin ? demanda Jessie.

– Pas aujourd'hui.

Alors qu'il remontait la vitre, il entendit Jessie crier :

– Un peu d'aide spirituelle vous ferait du bien. Vous parlez tout seul. On vous a vu !

Hamish démarra.

En franchissant le pont en dos-d'âne, il remarqua que l'Anstey était en crue à cause de l'orage, bien que le temps se fût éclairci. Le ciel était lavé de frais. Il baissa de nouveau la vitre et huma les odeurs de pin et de serpolet. Il se sentit le cœur plus léger. Cela faisait du bien de prendre le large.

Alors qu'il roulait vers le sud en direction de Perth, il repensa soudain à la lettre anonyme retrouvée par terre, à côté du corps de Miss Beattie. Ils avaient tous supposé qu'elle provenait de Miss McAndrew. Mais pourquoi Miss McAndrew aurait-elle accusé Miss Beattie d'être une bâtarde quand c'était manifestement faux ? Il poussa un juron dans sa barbe. Et si, pour une raison quelconque, quelqu'un tenait à ce qu'ils pensent qu'elle avait été envoyée par la même personne ? De toute évidence, quelqu'un voulait leur faire croire que Miss Beattie s'était suicidée. Il décida d'appeler le graphologue à son retour.

Perth s'étendait, rêveuse, dans le soleil levant, au sud des sommets escarpés qui délimitent le territoire des Highlands. La Tay, qui décrivait un large méandre à travers la ville, avait des reflets argent. Il gara la Land Rover de la police aux abords de la ville et laissa Lugs se dégourdir les pattes pendant qu'il consultait un plan de la localité, qu'il gardait dans un carton, à l'arrière, avec un tas d'autres. Mrs Dinwiddie habitait dans un nouveau lotissement, à la sortie de Perth, près de la A-9. En chemin, il regretta de ne pas l'avoir appelée avant de venir. Elle s'était peut-être absentée pour la journée.

Mais Mrs Dinwiddie était chez elle et l'accueillit chaleureusement.

– Mon mari est allé voir son père, dit-elle, nous devrions être tranquilles. La police m'a remis les papiers de ma sœur hier et j'allais vous appeler.

Elle fit entrer Hamish dans la cuisine.

– Vous voulez du thé ?

– Volontiers, merci.

– C'est votre chien, dans la voiture ? Les chiens ne me dérangent pas.

– Je vais aller le chercher, lui dit Hamish avec reconnaissance. J'ai oublié sa gamelle d'eau et il doit avoir soif.

Quand ils furent installés, Hamish avec un mug de thé et Lugs avec un bol d'eau, Mrs Dinwiddie sortit de la cuisine et revint avec une pile de papiers.

– Je les ai regardés, commença-t-elle. Il n'y a guère que des factures et des relevés de comptes. Aucune lettre.

– Des photos ?

– Quelques-unes, oui.

– Je peux les voir ?

Elle sortit et revint avec un album photo tout

cabossé. Hamish l'ouvrit. Il y avait des photos des Highlands Games, d'autres de la poste et une de Billy en train de pêcher. Rien de bien passionnant. Toujours aussi optimiste, il feuilleta les dernières pages blanches de l'album et trouva, à la fin, une pochette en plastique poussiéreuse avec des photos dedans.

Il l'ouvrit et les examina. Il y avait une photo de deux fillettes. Il la tendit à Mrs Dinwiddie.

– C'est Amy et moi quand on était petites, dit-elle.

Puis une photo d'un couple à l'air sévère.

– Nos parents.

Il y avait d'autres photos d'Amy et de sa sœur, certaines quand elles étaient plus grandes, parfois en uniforme de lycéennes.

Puis il y en avait une d'Amy Beattie avec une bande de motards. À l'époque, elle avait des cheveux bruns fournis et l'air effronté. Elle portait un jean moulant et un blouson en cuir.

– C'est étonnant qu'ils l'aient laissée sortir comme ça, dit Hamish en montrant la photo à Mrs Dinwiddie.

– Elle s'achetait ce genre de vêtements et les cachait sous son lit. Elle se changeait dehors. Et puis maman s'en est aperçue et ils ont fouillé toute la maison. Mes parents ont dressé un bûcher dans le jardin et les ont brûlés. La pauvre Amy n'arrêtait pas de pleurer.

– Vous connaissez les garçons sur cette photo ?

Mrs Dinwiddie montra un beau jeune homme assis sur une moto qui souriait à Amy Beattie.

– Lui, c'est Graham Simpson. Il était au lycée avec Amy. Je crois qu'ils étaient proches, tous les deux – enfin, pour autant qu'on pouvait être proches d'un garçon, avec nos parents constamment sur le dos.

– Vous savez s'il vit toujours à Perth ?

– Oui, quelqu'un m'a parlé de lui. Il dirige une succursale de la Scottish & Regional Bank, sur Turret Street. Mais qu'est-ce qu'il a à voir avec la mort d'Amy ?

– Je ne sais pas. Quelqu'un a peut-être découvert sur elle quelque chose qu'elle voulait taire à tout prix.

– Ça expliquerait un suicide, mais pas un meurtre.

– J'aimerais quand même le voir. Je peux garder cette photo ? Je vous donnerai un reçu et je vous la renverrai.

– Vous pouvez la garder aussi longtemps que vous voudrez.

– Où se trouve l'église que vous fréquentiez ?

– Au bord du fleuve. Sur Harris Street.

Hamish repartit avec Lugs, monta dans la Land Rover et chercha Turret Street sur son plan de Perth. Arrivé à la banque, il demanda à parler au directeur. La guichetière lui lança un regard inquiet. Hamish était en uniforme.

– Il n'y a rien de grave, au moins ?

– Non, non, dit Hamish. Je veux juste lui dire un mot.

Il patienta. Puis la guichetière revint, lui indiquant de la suivre, et ouvrit une lourde porte en acajou.

L'homme qui se leva pour le saluer n'avait plus guère de ressemblance avec le beau motard insouciant de la photo. Il était grand, les cheveux clairsemés, le visage empâté et rougeaud, le corps massif.

– Asseyez-vous, dit-il. De quoi s'agit-il ? Personne n'a trafiqué les comptes, au moins ?

– Non, rien de ce genre. Je suis l'agent Hamish Macbeth de Lochdubh. Vous avez dû entendre parler du meurtre d'Amy Beattie.

– Oui, bien sûr. C'est épouvantable, mais qu'est-ce que ça a à voir avec moi ?

– Parfois, le fait d'en savoir plus sur la victime me permet de retrouver le meurtrier, expliqua Hamish en sortant la photo et en la lui tendant. C'est bien vous ?

– Je n'en reviens pas, mais oui. Avec Amy.

– Vous étiez son petit copain ?

– Impossible. Ses parents étaient bien trop stricts. On s'est fréquentés quelque temps et puis ils l'ont cloîtrée chez eux, et un soir Mr et Mrs Beattie sont venus voir mes parents. Ils m'ont traité de suppôt de Satan et mon père les a fichus à la porte.

– J'ai cru comprendre qu'elle avait quitté Perth de façon soudaine. Vous savez pour quelle raison ?

– À cause de ses parents. J'imagine qu'elle ne pouvait plus les supporter.

– Mais généralement, avec le temps, les choses s'arrangent et pourtant, Miss Beattie n'est même pas venue à leur enterrement.

– On voit que vous ne les connaissiez pas. C'étaient des cons. Bon, si vous voulez bien m'excuser…, dit-il en faisant mine de se lever.

Hamish le dévisagea.

– Vous semblez pressé de vous débarrasser de moi.

– Ce n'est pas ça. J'ai un rendez-vous. Il ne devrait pas tarder à arriver.

– Une dernière chose. Les autres jeunes qui sont sur la photo. Il y en a trois. Vous savez si je peux les contacter ?

– Je ne crois pas, non. Je me souviens seulement de Peter Stoddart et il est parti en Australie.

– C'est bizarre que vous ayez oublié comment s'appelaient les autres. D'habitude, on se souvient de ses amis de jeunesse.

– J'étais ami avec Peter seulement. Si je me souviens bien, les autres venaient du sud, ils faisaient juste du tourisme.

Hamish partit avec la désagréable impression que le banquier lui mentait. Mais il alla à Harris Street et se gara devant l'église. Les fidèles étaient en train de sortir et le pasteur se tenait sur le parvis. Il n'était plus tout jeune et Hamish n'avait plus qu'à espérer qu'il était en place du vivant des parents de Miss Beattie.

– Je peux vous parler ? demanda-t-il. J'enquête sur le meurtre de Miss Beattie. Vous vous souvenez de ses parents ?

– Miss Beattie était déjà partie quand je suis devenu pasteur. Mais je me souviens de Mr et Mrs Beattie. Venez au presbytère. Il fait frisquet.

Hamish le suivit dans le presbytère, juste à côté. Le pasteur le conduisit dans une cuisine sombre d'époque victorienne.

– Asseyez-vous, je vais faire du thé. Ma femme est morte l'an dernier et j'ai encore du mal à me débrouiller seul, mais je fais ce que je peux.

Hamish attendit patiemment que le pasteur ait fini de préparer le thé et de poser la théière, le lait, le sucre, les tasses et une assiette de biscuits sur la table.

– Auriez-vous une idée de la raison pour laquelle Miss Beattie a quitté Perth à l'époque ? demanda-t-il.

Le pasteur fit signe que non.

– Je ne suis pas étonné qu'elle soit partie. Ceci étant, j'ai entendu certains paroissiens dire que c'était une fille délurée et d'autres, qu'elle était maltraitée. Les Beattie étaient stricts, vraiment très stricts. Ils voyaient le péché partout. Ils avaient même des doutes à mon sujet. Ils estimaient que j'étais trop tolérant avec les jeunes de la paroisse. Ils n'avaient pas l'air de comprendre que le monde avait changé depuis leur jeunesse. La moyenne d'âge des fidèles est de plus en plus élevée, j'en ai bien peur. Je ne peux pas terroriser les jeunes pour les forcer à venir, comme le voulaient les Beattie. Je suis sûr que Miss Beattie est partie parce qu'elle ne supportait plus cette discipline de fer.

Hamish lui posa quelques autres questions, mais de toute évidence, c'était très simple. Le seul drame de Miss Beattie était d'avoir eu des parents tyranniques.

En remontant vers le nord, il se dit qu'il était peu probable que le graphologue soit disponible un dimanche et se rendit donc au commissariat central. Il espérait que Jimmy Anderson n'était pas resté à Braikie, mais il le trouva dans la salle des enquêteurs, occupé à écrire un rapport.

– Hamish ! lui lança-t-il avec un sourire. J'ai appris que vous étiez malade.

– Gardez ça pour vous, mais en fait, je suis allé à Perth. J'espérais découvrir quelque chose sur Miss Beattie qui puisse m'éclairer, mais je ne vois pas. Ceci dit, j'ai eu une idée : qu'est-ce qu'on fait de la lettre qui a été trouvée à côté du corps de Miss Beattie ? La lettre anonyme.

– Comment ça ?

– C'étaient des conneries. Ce n'était pas une bâtarde. L'écriture était identique à celle des autres ?

– OK, je vous en dis plus mais vous me payez un double whisky.

– *Och*, bon, d'accord. Vous boiriez la mer et les poissons.

Jimmy alluma son ordinateur. Hamish s'assit à côté de lui, vaguement soulagé que Jimmy ne fume pas. Cela faisait longtemps que Hamish avait arrêté la cigarette, mais l'envie occasionnelle était toujours là.

– Ah voilà, dit Jimmy au bout d'un moment. La lettre a été envoyée à Roger Glass, le graphologue. D'après lui, l'écriture était la même que sur les autres.

– C'est bizarre, releva Hamish en se renversant sur sa chaise. J'ai l'impression que les meurtres ont été commis par des amateurs qui ont eu de la chance. On n'a pas affaire à des tueurs à gages. Mais pourquoi laisser une lettre dans laquelle il n'y a pas un mot de vrai, sachant pertinemment qu'on s'en apercevrait ?

– Ce n'est pas à moi qu'il faut le demander, Sherlock, commenta Jimmy, quand subitement Hamish disparut sous le bureau.

Jimmy se retourna à l'instant où l'inspecteur-chef Blair entrait pesamment dans la salle.

– Je file à Braikie et vous venez avec moi, ordonna-t-il.

– Je termine et je vous suis.

– Grouillez-vous.

– Je croyais que vous ne travailliez pas le dimanche.

– Le patron est paniqué par la pression médiatique et il a décrété qu'on devait mettre les bouchées doubles pour retrouver le coupable. Dépêchez-vous !

Jimmy hocha la tête. Il attendit que Blair soit parti, puis dit :

– Vous pouvez sortir, maintenant.

Hamish déplia son grand corps dégingandé de sous le bureau de Jimmy en grognant.

– J'ai intérêt à m'assurer que ce vieil emmerdeur est bien parti avant d'y aller. Et puis je foncerai à Lochdubh, des fois qu'il décide de passer.

– N'oubliez pas que vous me devez un whisky.

Au *Highland Times*, Elspeth s'était attaquée à la lecture des journaux du dimanche. Elle prit l'édition du dimanche du *Bugle*, en se demandant s'ils avaient publié son papier. Elle feuilleta le journal et le trouva. Elle regarda fixement la signature qui s'étalait sur la page, n'en croyant pas ses yeux : « Pat Mallone. »

Elle se rappela alors que Pat avait pris la liberté d'envoyer son article. Il avait dû effacer son nom pour mettre le sien, et le remettre une fois le papier expédié.

Sam avait pris un jour de congé pour aller rendre visite à sa famille, à Alness. Elle saisit le téléphone, appela le *Bugle*, et demanda à parler au rédacteur en chef de l'édition du dimanche, mais s'entendit dire qu'il ne travaillait jamais le dimanche. Elle téléphona alors à la rédaction du quotidien et leur expliqua que l'article qui figurait sous la signature de Pat Mallone était en réalité le sien et que son rédacteur en chef pouvait le confirmer.

– Ne vous en faites pas, lui répondit son interlocuteur. On va le prévenir.

– C'était quoi ? demanda un de ses confrères quand il raccrocha.

– Oh, une fille dans les Highlands qui prétend qu'on lui a piqué son papier. Rien de passionnant, dit-il, puis il s'empressa d'oublier.

Encore assoiffée de vengeance, Elspeth se mit ensuite en quête de Pat Mallone.

Pat Mallone était alors attablé au restaurant italien en compagnie de Jenny. Elle lui racontait ses déboires à la sortie de l'église où les sœurs Currie lui avaient tenu la jambe en lui faisant un sermon sur le péché.

Pat sortit un exemplaire du *Sunday Bugle*.

– Je l'ai mis de côté pour te le montrer, lança-t-il en l'ouvrant fièrement à la page de « son » article.

– C'est super ! s'écria Jenny. Je peux le lire ?

– Vas-y.

Pendant que Jenny lisait le papier, Pat aperçut soudain le visage d'Elspeth qui le regardait par la devanture du restaurant.

– Je reviens tout de suite.

Pat se précipita dehors. Jenny vit Elspeth lui crier dessus tandis qu'il haussait les épaules. Elle se replongea dans l'article. Il était excellent. Elle qui commençait à penser que Pat n'était pas un journaliste très consciencieux. Cet article prouvait non seulement qu'il était un journaliste consciencieux, mais aussi qu'il avait une belle plume. Indifférente aux éclats de voix qui s'élevaient devant le restaurant, elle se laissa aller à rêver que Pat devenait un écrivain célèbre.

Il recevait le Booker Prize quand le vrai Pat revint dans le restaurant. Jenny émergea brusquement de sa rêverie.

– Qu'est-ce qui s'est passé ? demanda-t-elle. Elspeth avait l'air furieuse.

– Oh, simple querelle de bureau, dit-il avec un sourire en se rasseyant. Pour tout te dire, je crois qu'Elspeth est jalouse de toi.

– J'ai plutôt l'impression qu'elle est amoureuse de Hamish Macbeth.

Il lui prit la main.

– Tu es tellement belle que toutes les femmes sont jalouses de toi.

Jenny scruta ses yeux bleus et y aperçut une lueur au fond qui ressemblait à de la peur.

– Elle t'a menacé ?

– Cette fille ! Tu plaisantes ou quoi ?

– Tu as peur de quelque chose.

Pat réfléchit rapidement. Il voulait deux choses : tenter sa chance en Angleterre et être hébergé gratuitement.

Il haussa les épaules.

– On ne peut rien te cacher. Je crois qu'Elspeth sait que ce papier peut me permettre de me faire engager dans un grand journal. Elle connaît mes ambitions. J'ai besoin de ce préavis d'un mois pour chercher. J'ai peur qu'elle dise du mal de moi à Sam et qu'il me demande de quitter les lieux dès cette semaine.

Bien qu'au départ, elle ait fait preuve de compassion, Jenny se dit que Sam était si exaspéré qu'elle voyait mal comment Pat aurait pu l'énerver davantage.

– Si tu trouvais une bonne histoire sur le meurtre, dit-elle, ça calmerait peut-être Sam.

– J'ai fait ce que j'ai pu, maugréa-t-il, puis il la contempla de ses yeux bleus, l'air songeur. Mais tu pourrais te rapprocher de Hamish Macbeth, il lâcherait peut-être une info. Tu ferais ça pour moi ?

– Hamish Macbeth ne s'intéresse pas à moi !

– Tu n'as pas vraiment essayé, répondit-il d'un ton enjôleur. Je sens qu'on est faits pour rester ensemble, toi et moi.

Jenny étouffa un cri.

– Tu veux dire qu'on va se marier, toi et moi ?

Oh, et pourquoi pas, après tout ? songea Pat. Il pourrait toujours se défiler plus tard.

– Je t'achèterai une bague dès que je me serai fait engager dans un grand quotidien. Je commanderais bien du champagne, mais je n'ai pas assez sur moi.

– Je vais en commander, répondit Jenny, rouge de plaisir.

Au moment où elle levait le bras pour appeler Willie, le serveur, Pat l'arrêta. Il imaginait Willie demander ce qu'ils fêtaient et Jenny le lui expliquer.

– Il vaut mieux garder le secret, pour le moment,

dit-il. Si Hamish Macbeth apprend qu'on est fiancés, tu ne pourras rien en tirer.

– D'accord, concéda Jenny. Mais j'ai une meilleure idée pour fêter ça, glissa-t-elle avec un sourire coquin. On va aller chez toi.

– Pense à ta réputation ! Ma logeuse s'empresserait de le raconter à tout le village et les sœurs Currie t'obligeraient à passer tes journées avec le pasteur pour purifier ton âme.

– Tu as raison.

Ils ressortirent dans le froid sous un beau clair de lune.

– *A braw bricht moonlicht nicht the nicht*, soupira Jenny d'un air inspiré – c'était en effet une belle nuit claire, mais elle avait prononcé les *ch* comme des *qu*, si bien que, dans sa bouche, cela donnait « braw brique moonlique, nique the nique ». Viens, on va se promener.

– Il est encore tôt. Tu sais quoi, tu vas filer au poste de police cuisiner Hamish, lui intima-t-il en lui donnant un coup de coude. C'est notre avenir qui est en jeu.

Mais quand ils se quittèrent, il ne l'embrassa pas. Jenny se dirigea tristement vers le poste. Elle avait reçu sa première demande en mariage mais il y avait quelque chose qui clochait. Il se sert de toi, lui hurla une voix en elle.

Hamish ouvrit la porte de la cuisine et tomba sur Jenny qui faisait peine à voir.

– Qu'est-ce qu'il y a ?

– Je passais juste vous dire bonjour.

– Ah. Bon, entrez. Mais pas longtemps. Je veux me coucher tôt. Vous voulez du thé, du café ? Un remontant ?

– Non, rien, merci.

Jenny s'assit à la table et retira son anorak. En dessous, elle portait une robe grise scintillante avec un décolleté plongeant et de longues manches vaporeuses cachant son bras plâtré.

– Vous sortez d'un grand restaurant ?

– Non, je suis juste allée chez l'italien.

– Avec Pat Mallone ?

– Oui.

– Il paraît qu'il a été renvoyé.

– C'est tellement injuste !

– Je crois que pour Sam, le coup des faux noms et des fausses adresses, ça a été la goutte qui a fait déborder le vase.

– Sans doute, oui.

Hamish s'assit en face d'elle.

– Alors, qu'est-ce qui vous arrive ? Vous avez l'air triste.

– C'est à cause de ces meurtres effroyables.

– En ce cas, vous devriez rentrer chez vous et vous sortir ça de la tête.

– À quoi bon. J'ai encore des jours de congé à cause de mon bras.

– Vous pourriez retourner chez vos parents, ils s'occuperaient de vous et vous vous reposeriez.

– Ne vous en faites pas pour moi, dit Jenny. Vous avez progressé dans l'enquête ?

– Non, pas vraiment, répondit Hamish en se renversant sur sa chaise. Pat doit chercher désespérément un sujet pour éviter d'être viré.

– Je n'ai rien à voir là-dedans.

– Et pourtant, vous avez dîné au restaurant avec lui. Je vous ai vus en promenant Lugs. Et comme par hasard, juste après le dîner, vous débarquez ici toute seule.

Jenny rougit et se leva.

– C'était juste une visite amicale.

La sonnerie stridente du téléphone retentit depuis le bureau.

– Attendez, lui ordonna Hamish.

Il alla au poste et décrocha. C'était Jimmy Anderson.

– Enfilez votre uniforme, mon gars, et foncez à Braikie. On a une nouvelle victime.

– Qui ça ?

– La petite secrétaire, Freda Mather. Overdose de somnifères mélangés à de la vodka pour faire passer.

– Suicide ou meurtre ?

– Ça ressemble à un suicide. Elle a laissé un mot disant : « Je ne peux pas continuer. Je suis désolée. » Blair pense que l'affaire est résolue.

– Il débloque ou quoi ? Et même si elle avait eu la force de soulever Miss Beattie, qui a filmé la vidéo ?

– Assez parlé, rappliquez en vitesse.

Hamish retourna dans la cuisine.

– Je dois y aller. On a une nouvelle victime à Braikie.

– Qui ça ?

– Vous le saurez bien assez tôt. Allez, filez.

Jenny prit son téléphone et appela Pat, mais il avait éteint son portable. Elle appela à sa pension, mais la logeuse lui dit qu'il n'était pas rentré.

Il a dû apprendre qu'il y avait une autre victime et foncer à Braikie, se dit-elle.

Elspeth se rua hors de chez elle, monta en voiture et partit. Au moins, cette fois, Pat serait là en premier, se dit Jenny.

Pat Mallone se prélassait au bar du Tommel Castle Hotel, se demandant pourquoi c'était si calme. Il était venu se joindre à la foule des journalistes des grands quotidiens qui séjournaient à l'hôtel et se pressaient habituellement au bar le soir.

Si Pat avait eu le flair d'un vrai journaliste, il se serait douté qu'il avait dû se passer quelque chose pour provoquer un exode aussi massif.

Au lieu de quoi, il resta là à siroter son verre en espérant que Jenny arrive à soutirer des infos utiles à Hamish Macbeth.

Hamish Macbeth se mettait rarement en colère, mais quand il arriva à Braikie, la rage s'empara de lui. Blair soutenait que Freda avait assassiné Miss

Beattie et Miss McAndrew, un point c'est tout. Le mot disant « Je suis désolée » constituait une preuve irréfutable. Hamish lui objecta en vain que cela signifiait simplement qu'elle allait mettre fin à ses jours de son plein gré et ne voulait pas que l'on accuse qui que ce soit. Comment un petit bout de femme comme elle aurait-elle eu la force de soulever Miss Beattie, hurla-t-il, de filmer la vidéo et de poignarder sauvagement Miss McAndrew ?

Une lueur mauvaise brillait dans les yeux de Blair.

– Comment osez-vous parler à votre supérieur sur ce ton ? aboya-t-il. Vous êtes suspendu jusqu'à nouvel ordre. Je vais en toucher deux mots à Daviot.

Hamish retourna à Lochdubh en se maudissant. Il aurait dû laisser tomber. Mais il ne pouvait pas le laisser salir ainsi la réputation de la pauvre Freda Mather.

Il rentra au poste, épuisé. Au moins, il dormirait bien, cette nuit.

Le lendemain, Hamish fut réveillé à neuf heures par des coups à la porte principale. Les villageois passaient toujours par celle de la cuisine. Il enfila une robe de chambre et dut forcer sur la poignée pour ouvrir la porte. Elle servait si peu que les gonds étaient grippés.

Il se trouva nez à nez avec le commissaire Peter Daviot.

– Commissaire ! dit Hamish.

– J'aimerais vous dire un mot, agent Macbeth.

– Entrez. Je vais faire du café.

Daviot retira son manteau en cashmere et le posa sur le dossier d'une chaise pendant que Hamish s'affairait à préparer du café. Lugs dormait encore au bout du lit.

– Je prends du lait et deux sucres, précisa Daviot.

Hamish apporta deux mugs de café sur la table.

– J'ai appris que Blair vous avait suspendu. Qu'est-ce qui vous a pris de vous emporter contre un supérieur ?

– Freda Mather n'a pas eu de chance, répondit Hamish avec lassitude. Elle avait été persécutée par Miss McAndrew et je suis convaincu qu'elle était persécutée par Mr Arkle, le successeur de Miss McAndrew. Je suis sûr qu'en écrivant « Je suis désolée » dans sa lettre d'adieu, elle voulait seulement qu'on sache qu'elle s'était suicidée et que personne n'était responsable de sa mort. Elle s'occupait de sa mère qui est en mauvaise santé et devra sans doute être placée en maison de retraite. Je sais bien que les médias vous harcèlent, qu'ils exigent un résultat, mais je ne peux pas croire qu'une fille comme Freda ait pu commettre ces meurtres. Il y a eu un communiqué de presse ?

– Oui, disant simplement qu'elle s'est suicidée. Nous attendons les rapports de la police scientifique et de l'autopsie.

Daviot observa Hamish. Lorsque Blair lui avait annoncé que les deux meurtres étaient résolus, il avait été ravi et soulagé. Mais depuis qu'il avait appris que Hamish était tellement hors de lui qu'il avait agressé verbalement un supérieur, il était inquiet. Le commissaire se sentait à l'aise avec Blair, qui était membre de la même loge maçonnique que lui et n'oubliait jamais d'envoyer des fleurs à Mrs Daviot pour son anniversaire. En revanche, il ne savait pas quoi penser de Hamish qui avait refusé une promotion à plusieurs reprises et employait des méthodes peu orthodoxes.

Mais Hamish avait un flair incontestable pour résoudre les crimes, flair dont l'inspecteur-chef semblait totalement dépourvu.

Le soleil entrait à flots par la fenêtre de la cuisine ; et dans l'herbe, le givre matinal fondait peu à peu. Une fois de plus, il eut le sentiment de comprendre pourquoi ce drôle de policier était aussi attaché à ce poste.

– Si ce n'est pas Freda, qui est-ce ?

Hamish passa ses longs doigts dans sa tignasse flamboyante.

– Il y a quelqu'un à Braikie qui cache un secret, un secret si capital qu'il est prêt à tuer plutôt que de courir le risque qu'il soit divulgué. Ce secret, je pense que Miss Beattie le connaissait, et Miss McAndrew aussi. L'une ou l'autre, ou les deux, ont décidé de parler et c'est pour ça qu'elles ont été tuées.

– Et Freda Mather ne peut pas être impliquée d'une manière ou d'une autre ?

– Je n'y crois pas une seule seconde, répliqua

Hamish avec l'accent chuintant qui trahissait son agacement.

– Voilà ce que je vais faire, dit Daviot. Tout le monde doit être mobilisé sur cette affaire. Alors, vous allez mettre votre uniforme, je vous attends ici. Ensuite, vous viendrez avec moi à Braikie. Vous vous excuserez auprès de Blair de vous être montré insolent puis vous irez au collège. J'ai cru comprendre d'après vos rapports que vous aviez déjà interrogé les professeurs. Je veux que vous leur reparliez.

– Entendu, commissaire.

Hamish fila dans la salle de bain, se lava et se rasa en vitesse, puis enfila son uniforme. Cela valait la peine de faire des excuses à Blair pour éviter que l'affaire soit close et empêcher l'inspecteur-chef de salir la réputation de Freda. Il alla dans le bureau, appela Angela Brodie pour lui demander de venir chercher Lugs et de s'en occuper.

Puis il prit la Land Rover et suivit le commissaire jusqu'à Braikie.

En longeant la côte, il s'étonna de voir la mer aussi calme, uniquement parsemée de débris qui flottaient, rappelant la violence de la tempête.

Blair était planté devant la maison de Freda. Il avait l'air fatigué et n'était pas rasé. Quand il vit arriver Hamish Macbeth, son visage empâté s'assombrit.

– Nous devons laisser Macbeth sur l'affaire, expliqua Daviot. Il connaît mieux que personne les gens du coin. Vous vouliez dire quelque chose, il me semble, agent Macbeth.

Hamish se campa devant Blair avec un air de contrition.

– Je suis vraiment désolé de m'être emporté, chef, dit-il. Je vous prie d'accepter mes excuses.

Blair ouvrit la bouche pour le traiter de tous les noms, mais Daviot s'empressa d'intervenir.

– Bien, voilà qui est réglé. Et maintenant, filez au collège, Macbeth.

Réprimant un sourire, Hamish se rendit au collège. À son grand étonnement, il vit Pat Mallone qui en repartait en compagnie de Jenny et se demanda ce qu'ils fabriquaient.

Pat Mallone était aux anges. Il tenait enfin une bonne histoire. Il oubliait que c'était Jenny qui la lui avait suggérée. Elle lui avait soufflé que Freda s'était peut-être suicidée parce qu'elle était persécutée. Le harcèlement était courant dans les établissements scolaires. Pour lui faire plaisir, il avait suivi son idée et était tombé sur une pépite. Ils avaient harponné les professeurs au moment où ils arrivaient à la grille et ces derniers leur avaient ouvertement raconté comment la mère de Freda était un monstre d'exigences et que Mr Arkle lui menait une vie d'enfer. Pat et Jenny avaient essayé d'interviewer le principal, mais il s'était contenté de pester et s'était précipité dans le bâtiment.

Pat négligeait également le fait que c'était grâce à l'abord sympathique de Jenny qu'il avait obtenu ces interviews. Harcelée à mort. Quelle histoire !

Quand il retourna au *Highland Times*, Sam l'écouta.

– Excellent, dit-il. Faites-moi un papier et envoyez-le aussi aux grands quotidiens et aux agences.

Jenny s'assit au bureau à côté de lui. Quand elle vit qu'il savait à peine taper sur un clavier, elle lui suggéra :

– Je vais taper et tu dictes.

Après avoir rectifié de nombreuses phrases bancales de Pat, elle estima que c'était un bon article. Cela prouvait seulement que Pat avait besoin d'une femme forte à ses côtés. Elle avait le cœur plus léger et rêvait du grand avenir qui les attendait tous deux.

Hamish s'aperçut que Pat et Jenny lui avaient coupé l'herbe sous le pied. Hors de lui, Mr Arkle lui interdit de parler aux professeurs. Lorsque Hamish l'avertit qu'il l'arrêterait et l'accuserait d'entrave à l'enquête, il finit par céder. Mais quand l'agent interrogea les professeurs, ils regrettaient tous d'avoir critiqué leur principal et s'abstinrent donc d'évoquer la façon dont il traitait Freda, se contentant de dire que la secrétaire semblait avoir une mère difficile et exigeante.

Faute de mieux, Hamish décida de se rabattre sur Joseph Cromarty. Il trouva le quincailler bourru dans la pénombre de son magasin. Le soleil n'éclairait plus que l'autre côté de la rue. La nuit tombait de plus en plus tôt. Bientôt, le soleil se lèverait à dix heures du matin et se coucherait à deux heures de l'après-midi. Dans le nord de l'Écosse, l'hiver n'était qu'un long tunnel obscur.

– Qu'est-ce que vous voulez ? demanda Joseph. Je suis occupé.

– *Aye*, je vois ça, lâcha Hamish d'un ton sarcastique en regardant le magasin désert. Bien, on vous a entendu dire que vous aviez envie de tuer Miss McAndrew...

– Et alors ? Je suis loin d'être le seul.

– Qui d'autre ?

Joseph fit une horrible grimace.

– Je ne me rappelle pas. Fichez-moi la paix.

– Réfléchissez, mon vieux. Je ne vous accuse de rien. Vous n'avez rien vu, rien entendu ?

– Je croyais que les meurtres étaient résolus, dit Joseph. Paraît que c'est l'autre petite, là, Freda Mather.

– Non. C'est un simple suicide.

– Arrêtez ! Il y a un policier qui est passé tout à l'heure et qui a dit que l'affaire était bouclée.

– Il s'est trompé, dit Hamish d'un ton las.

Il lui posa d'autres questions sans succès. Puis il alla à la poste. Il espérait qu'il n'y aurait pas grand monde et qu'il pourrait dire deux mots à Mrs Harris, mais les lieux étaient envahis de commères qui papotaient, s'exclamant et jasant sur la mort de Freda.

Elles se turent en le voyant. Il leur demanda si elles se souvenaient du moindre détail, aussi insignifiant soit-il, qui puisse l'aider à élucider les meurtres. Des regards stupéfaits le fixèrent. Des voix choquées s'écrièrent qu'elles avaient entendu dire que Freda Mather était l'assassin. Lorsque Hamish leur apprit que Freda était totalement étrangère aux crimes, ce fut la débandade générale.

– Vous êtes sûre que Miss Beattie ne vous a jamais dit pourquoi elle avait quitté Perth ? demanda Hamish à Mrs Harris.

– Juste qu'elle n'était pas heureuse et que ses parents étaient extrêmement stricts. Vous n'avez qu'à retourner voir Billy. Il n'a pas fini sa tournée, mais il ne devrait pas tarder à arriver. Il commence la distribution à six heures du matin. Il gare sa camionnette à l'arrière.

Hamish ressortit, emprunta la ruelle qui était au coin de la poste et attendit patiemment dans la cour de derrière.

Au bout de dix minutes, la camionnette de la poste entra dans la cour. Billy en descendit et lança à Hamish :

– Je ne devrais pas me réjouir de la mort de cette petite, mais pour être honnête, je suis soulagé. J'ai bien cru que ce salaud de Blair ne me lâcherait jamais.

– Je ne sais pas qui est le policier qui est allé crier ça sur les toits, mais c'est faux, Billy. Freda s'est suicidée et je suis prêt à parier tout ce que vous voudrez qu'elle n'a strictement rien à voir avec les meurtres.

Billy se laissa choir sur une caisse retournée.

– Ça ne finira donc jamais, Hamish ? C'est un cauchemar à la maison, avec l'autre qui est sur mon dos du matin au soir. Maintenant qu'Amy est partie, la vie n'a plus de goût.

Hamish tira une autre caisse et s'assit à côté du facteur.

– Vous êtes sûr qu'elle n'a jamais évoqué la raison pour laquelle elle a quitté Perth ?

– Elle parlait souvent de ses parents qui étaient très stricts. Ce genre de choses.

– Et d'anciens petits copains ?

– Non, jamais.

– Elle avait peur de quelqu'un ?

– Elle avait peur du corbeau.

– Mais pourquoi avait-elle peur ? Que l'on soit en colère ou bouleversé, c'est compréhensible, mais de là à avoir peur ?

– Notre relation comptait beaucoup pour elle, comme pour moi. Elle disait : « Si elle m'enlève ça, je n'aurai plus rien. »

– Attendez. Quand elle parlait du corbeau, elle disait « elle » ?

– Je n'y prêtais pas vraiment attention. Qu'est-ce que vous voulez, tout le monde pensait que c'était une femme. C'est pas un homme qui ferait un truc pareil.

– Pourtant récemment, il y a eu une affaire, en Angleterre, où il s'est avéré que le corbeau était un homme. On en a parlé dans les journaux écossais.

– Ça ne me dit rien.

– Écoutez, Billy, réfléchissez bien. Repensez à toutes les conversations que vous avez pu avoir tous les deux et si quoi que ce soit vous revient, appelez-moi.

– Mais qu'est-ce que ça aurait à voir avec la mort de Miss McAndrew ?

– Les deux meurtres sont liés d'une manière ou d'une autre.

– Je ferai de mon mieux.

# 9

> « L'homme n'est ni ange ni bête, et le malheur veut que qui veut faire l'ange fait la bête. »
>
> Blaise Pascal

À la fin d'une longue journée, Hamish rentra au poste. Il jeta un œil à ses moutons et enferma ses poules pour la nuit. Il y avait un renard qui rôdait dans les parages et Hamish savait que s'il le voyait, il irait chercher son fusil et l'expédierait ad patres. Il s'étonnait toujours de la sensiblerie des citadins qui n'hésitaient pas à écraser un cafard mais sortaient les violons dès qu'il s'agissait de l'ami goupil. Le jour où ils seraient confrontés à la cruauté du renard qui laissait les poules et les agneaux se vider de leur sang, tuant non pas pour se nourrir mais par simple plaisir, ils changeraient peut-être d'avis – quoique, rien n'était moins sûr. Il y avait dans les îles Britanniques tout un tas de gens qui ne connaissaient ni ne comprenaient grand-chose aux animaux sauvages, des gens qui disaient en secouant tristement la tête : « Les animaux valent mieux que les hommes », ce qui en d'autres termes signifiait qu'ils exigeaient que les chiens et les chats leur vouent un amour inconditionnel, mais trouvaient les humains trop difficiles.

Hamish avait été dégoûté des documentaires animaliers à force de voir les animaux systématiquement affublés de petits noms, genre « Et voilà Betty », qui apparaissait alors à l'écran sous la forme, mettons, d'une antilope éclopée rejetée du troupeau, dont on pouvait être sûr qu'elle allait être dévorée par une autre bête, que les réalisateurs avaient dû lâcher exprès pour accélérer les choses, soupçonnait-il non sans cynisme. Il y avait aussi le petit Jimmy, le bébé tortue à peine né qui essayait de rejoindre la mer, et Hamish savait déjà que le petit Jimmy n'y arriverait pas. Il se ferait probablement attraper par une mouette en maraude. Bref, les documentaires animaliers étaient à peu près aussi drôles que les snuff movies.

Il rentra, prépara son dîner qu'il fut forcé de partager, cédant au chantage affectif de Lugs qui remuait sa gamelle en poussant des gémissements, alors que Hamish était sûr qu'Angela l'avait déjà nourri.

Il alla ensuite dans le bureau, alluma l'ordinateur et entreprit de relire ses rapports. Archie avait dit avoir vu quelqu'un d'environ dix-sept ans traîner du côté de la poste. Mais il n'avait pas vu son visage et dix-sept ans devait lui sembler vieux, si bien que cela pouvait être n'importe qui.

On frappa à la porte de la cuisine et il entendit Elspeth crier :

– Hamish, vous êtes là ?

– Je suis au poste. Je suis occupé.

Sans se laisser démonter, Elspeth entra nonchalamment dans le bureau.

– Alors, le flic, on travaille dur ?

– *Aye*, je relis mes notes, je n'ai pas le temps de discuter.

– On pourrait les relire ensemble ? Je verrai peut-être quelque chose qui vous a échappé.

– Ça m'étonnerait, rétorqua sèchement Hamish.

– Allez, Hamish. Même si ce que je suggère est idiot, il peut en sortir quelque chose d'intéressant.

– Bon, d'accord. Asseyez-vous et pas un mot.

Elspeth approcha une chaise, s'assit et resta silencieuse pendant qu'il faisait défiler les lignes à l'écran. Il arriva aux notes qu'il avait prises après sa visite à Perth.

– Ça, je ne l'ai pas envoyé, parce que ça n'a abouti à rien et je n'étais même pas censé être là-bas.

– Attendez, dit Elspeth. Graham Simpson a déclaré que Peter Stoddart était en Australie. Ce nom me dit quelque chose. Une seconde, je réfléchis.

Hamish attendit patiemment.

– Ça y est, je sais. Moy Hall, à côté d'Inverness. J'y ai couvert la foire, il y a deux ans. Je suis sûre que le vainqueur du concours de ball-trap s'appelait Peter Stoddart.

– Il peut y avoir beaucoup de Peter Stoddart.

– Mais on a une photo de lui.

– Venez, on va faire un saut à votre bureau pour voir si elle est dans vos archives.

Quand ils arrivèrent à la rédaction, Sam retint Elspeth.

– Tu ne crois pas qu'on pourrait donner une autre chance à Pat ? Il a fait un bon papier sur le harcèlement.

– Je n'ai pas eu le temps de te le dire, répondit Elspeth, mais c'est moi qui ai écrit le papier du *Sunday Bugle*. Il a mis sa signature à la place de la mienne.

Sam soupira.

– Bon, en ce cas, c'est réglé, il part à la fin du mois. Qu'est-ce que vous faites là, Hamish ?

– J'enquête.

– Si vous trouvez de quoi faire un bon papier, dites-le-moi.

Elspeth se dirigea vers les classeurs où les photos étaient archivées.

– Avec toutes les gamines écervelées du village qui ont fait des stages ici, allez savoir sous quoi elle est classée.

Elle essaya « Moy Hall ». Puis « Ball-trap ». En vain.

– Vous vous rappelez le titre de l'article ? demanda Hamish.

– C'était un truc idiot. C'est Sam qui fait les titres. Ah si, je me souviens : LA MEILLEURE GÂCHETTE DU NORD.

– Essayez sous « L ».

– Franchement, Hamish !

– Vous savez comment raisonnent les gens du coin.

– OK, Sherlock. Allons-y pour les L. Merde, vous aviez raison. Je l'ai.

Elspeth sortit une photo.

– Vous pouvez l'approcher de la lumière ? la pria Hamish en fouillant dans la poche de sa veste pour en sortir la photo d'Amie Beattie avec les motards.

Sur la photo d'Elspeth, un type costaud brandissait une coupe en argent. Il avait les cheveux blancs. Hamish examina tour à tour la photo d'Elspeth et celle qu'il avait à la main.

– Je suis sûr que c'est une seule et même personne, dit-il. Vous pouvez retrouver l'article ? Il doit y avoir une légende sous la photo.

– On garde les anciens numéros du journal dans des volumes reliés. Il va falloir que vous m'aidiez. Ils sont dans la réserve.

Il l'accompagna dans une salle, au fond du bâtiment, où étaient conservées les anciennes éditions du journal. Elspeth passa en revue le dos des volumes.

– C'est celui-là. Tout en haut de l'étagère.

Hamish attrapa le volume et le descendit. Ils allèrent le poser sur une table. Elspeth l'ouvrit, feuilleta les numéros du mois d'août jusqu'à ce qu'elle trouve le bon.

– Voilà ! En une !

Ils se penchèrent tous deux sur le journal, leurs deux têtes côte à côte. La légende qui figurait sous la photo disait : « Vainqueur du concours de ball-trap, Mr Peter Stoddart de Perth. »

– Où ça, à Perth ?

– Je l'ai peut-être mentionné dans l'article. Ah, voilà. Peter Stoddart, plombier, 58 Herrich Road, Perth.

Hamish referma le volume, le prit et le remit sur l'étagère.

– Il faut que j'aille à Perth demain, dit-il. Le directeur de banque a dit que Stoddart était en Australie. Pourquoi a-t-il menti ?

– Vous allez peut-être apprendre qu'il est parti en Australie et qu'il est revenu. Commencez par aller le voir avant d'accuser le directeur de quoi que ce soit.

– Pourvu que Blair n'apprenne pas que je vais à Perth. Si je le lui dis, il me répondra que je perds mon temps et que si j'ai des soupçons, je n'ai qu'à en parler à la police de Perth. *Och.* J'irai quand même. Avec un peu de chance, il pensera que je suis en train d'enquêter à Braikie.

– Mais pourquoi est-ce si important que ça, Hamish ?

– Je dois absolument découvrir ce qui a poussé Miss Beattie à partir de chez elle.
– C'est simple. Ses parents.
– Peut-être. Mais je dois quand même essayer.

De bonne heure, le lendemain matin, Hamish se mit en route avec Lugs à ses côtés. Il faisait un sale temps, le crachin embuait le pare-brise. Il n'avait pas mis son uniforme. Il n'aurait pas dû le porter la dernière fois. Il aurait pu se faire repérer par un policier de Perth. Certes, n'importe quel policier de Perth pouvait aisément repérer la Land Rover, mais il avait l'impression de moins attirer l'attention quand il était en civil. Il décida d'essayer de trouver Peter Stoddart et de commencer par lui.

Là encore, aux abords de Perth, il se gara sur le bas-côté pour promener Lugs et consulta son plan. Puis il se remit en route en espérant que Stoddart serait chez lui.

Herrich Road était situé dans un lotissement relativement récent à la sortie de la ville. Il trouva la maison de Stoddart et alla frapper à la porte. Une femme à l'air fatigué vint lui ouvrir.

– Je suis l'agent Hamish Macbeth. Votre mari est là ?
– *Aye*, entrez. Qu'y a-t-il ?
– Ne vous inquiétez pas. Je veux juste lui dire deux mots.

Elle le fit entrer dans le salon. Hamish prit place sur un canapé de laine blanc cassé. La pièce sentait le renfermé. C'était curieux, se dit-il, qu'encore aujourd'hui, tant d'Écossais aient gardé l'habitude de réserver une pièce aux « grandes occasions ». Quelle perte d'espace.

La porte s'ouvrit et l'homme de la photo entra.

– C'est pour quoi ? demanda-t-il. Vos collègues sont passés le mois dernier vérifier l'armoire à fusils.

– Ça n'a rien à voir avec ça, le rassura Hamish.

Il sortit la photo que lui avait confiée Mrs Dinwiddie.

– C'est bien vous ?

– *Aye*. J'adorais cette moto.

– Vous avez dû apprendre que Miss Amy Beattie a été tuée ?

– Oui. Sale affaire. Mais qu'est-ce que ça a à voir avec moi ?

– J'essaie de comprendre pourquoi Miss Beattie avait quitté Perth.

– Oh, c'est simple. Je me rappelle très bien. C'était à cause de ses parents. Ils avaient découvert qu'elle faisait le mur pour nous retrouver et ils l'ont enfermée dans sa chambre après avoir brûlé ses vêtements.

– Vous étiez son petit ami ?

– Non. Elle était avec Graham. Ils étaient très liés mais ça n'a pas duré.

– Vous êtes déjà allé en Australie ?

Stoddart eut l'air décontenancé.

– Non, pourquoi ?

– Quelqu'un m'a dit que vous étiez parti vivre là-bas.

– Qui ça ?

– Quelqu'un. Je vous le dirai peut-être plus tard. Ne vous inquiétez pas. Quel souvenir gardez-vous de Miss Beattie ?

– Elle était sacrément délurée. Toujours partante. Je me rappelle qu'une fois, les parents de Graham sont partis une semaine. Graham était seul et il a fait une fête. On a bu comme des trous et Amy s'est mise à danser sur la table basse. Elle était en verre et elle s'est cassée. Graham a pété les plombs. Ils ont commencé à s'engueuler tous les deux, puis ça s'est envenimé et on les a laissés.

– Qui étaient les autres ?

– Des motards venus du sud et des filles du coin qu'ils avaient draguées.

– Merci, lui dit Hamish. Je vous demanderai de ne parler à personne de cette visite.

– Pourquoi ça ?

– J'enquête incognito, répondit Hamish en désespoir de cause.

Mais son mensonge sembla satisfaire le plombier.

Alors qu'il se dirigeait vers la banque au volant de la Land Rover, sa radio grésilla et il entendit qu'on l'appelait. Il poussa un juron et la coupa. Son absence avait été remarquée, mais il était hors de question qu'il reparte maintenant.

– Je veux qu'on me retrouve ce salopard… immédiatement ! hurla Blair à Jimmy Anderson. À tous les coups, il dort encore. Filez à Lochdubh et trouvez-le-moi.

– Pourquoi moi ? Vous ne pouvez pas envoyer un des policiers ?

– Non, vous pouvez bien y aller puisque vous êtes tellement pote avec lui.

Jimmy prit la route de Lochdubh en maudissant Hamish dans sa barbe. Une fois arrivé au poste de police, il frappa à la porte de la cuisine et cria sous les fenêtres.

– Ça ne sert à rien de faire tout ce raffut.

Jimmy se retourna et reconnut la femme du pasteur, Mrs Wellington.

– Il est où ? demanda-t-il.

– Je ne sais pas. Mais je me suis levée de bonne heure et je l'ai vu quitter Lochdubh.

Inutile de demander dans quelle direction. Il n'y avait qu'une seule route qui partait de Lochdubh.

– Vous n'êtes pas le seul à le chercher, dit Mrs Wellington. Le sergent MacGregor de Cnothan a un rhume et il est au lit. Sa femme m'a appelée. Elle a dit qu'il y avait eu un cambriolage à l'épicerie et que Hamish devait intervenir à sa place.

Bien qu'il soit furieux contre Hamish, Jimmy vit le moyen de tirer son ami d'affaire. Il remercia Mrs Wellington et appela Blair.

– Macbeth a été obligé d'intervenir sur un cambriolage à Cnothan. MacGregor est malade.

– Bon, d'accord. Mais il aurait dû m'en parler avant.

Bien, se dit Jimmy, je n'ai plus qu'à rappeler Hamish en espérant qu'il me réponde. Il avait intérêt à foncer à Cnothan avant que l'épicier n'appelle le central. Puis il se dit, Cnothan n'est pas loin. Je peux y faire un saut, histoire de le calmer. Mais Hamish devra me payer un whisky pour la peine.

Quand Hamish se présenta à la banque, la guichetière qui était allée voir le directeur réapparut, visiblement troublée.

– Je suis désolée, Mr Simpson est absent aujourd'hui.

– Ah oui ?

– Où allez-vous ? cria-t-elle.

Hamish se dirigea tout droit vers la porte du directeur et l'ouvrit. Graham Simpson se leva d'un bond.

– Vous n'avez pas le droit de débarquer comme ça.

– Et vous, vous n'avez pas le droit de mentir à la police. Asseyez-vous. J'ai quelques questions à vous poser au sujet d'Amy Beattie. Vous m'avez menti.

– C'est faux, protesta le directeur d'un ton outré.

– Vous avez dit que Peter Stoddart était parti en Australie alors qu'il est ici, à Perth.

– Ah bon ? Quelqu'un a dû me dire qu'il était parti en Australie.

– Ne racontez pas n'importe quoi. Vous avez couché avec Amy Beattie.

– Et puis quoi, ce n'est pas un crime ! Un soir, j'ai fait une fête chez moi. On a tous pas mal bu et Amy a cassé une table. On s'est disputés et puis on s'est réconciliés sur l'oreiller. On était tous les deux ivres morts.

Hamish s'assit et l'observa. Il se rappela soudain la lettre qui avait été trouvée à côté du corps de Miss Beattie, disant : « J'ai la preuve que tu es une bâtarde. Ton père n'a jamais épousé ta mère et je vais le dire à tout le monde. »

Il n'avait jamais compris le propos de cette lettre. Les parents de Miss Beattie étaient mariés. Et si cette lettre avait été envoyée à quelqu'un d'autre, quelqu'un qui avait eu si peur que ça l'avait conduit au meurtre ?

Il demanda posément :

– Quand vous a-t-elle prévenu qu'elle était tombée enceinte ?

– Je suis un homme respectable, commença-t-il.

– Mais oui. Et vous le resterez, à moins que vous ne persistiez à faire obstacle à l'enquête.

Graham Simpson baissa la tête. Hamish crut qu'il ne dirait rien, mais il déclara à voix basse :

– C'était un cauchemar. Elle m'a fait parvenir un mot trois mois plus tard. Elle disait qu'elle n'avait pas eu ses règles. Que ses parents allaient la tuer. Pendant une semaine, j'ai réfléchi, je me suis fait un sang d'encre. Et puis j'en ai parlé à mes parents. Ils m'ont dit que je devais épouser Amy, assumer mes responsabilités. Je m'apprêtais à aller là-bas, quand ses parents ont débarqué chez nous en criant qu'Amy était partie et en nous demandant où elle était. On ne pouvait rien pour eux. Une semaine plus tard, je me suis armé de courage et je suis allé les voir. Ils m'ont dit qu'ils avaient reçu une lettre d'Amy disant qu'elle ne voulait plus jamais les voir. Ils avaient effacé son nom de la bible familiale et ne la considéraient plus comme leur fille. Je n'ai plus jamais eu de nouvelles d'Amy.

– Vous me dites la vérité, cette fois ?

– Je vous le jure. Si jamais ça se savait, ça pourrait causer ma perte.

– Si vous n'avez tué personne, certainement pas. Je vois mal comment une amourette de jeunesse avec une fille pourrait causer votre perte.

Hamish quitta la banque et remonta dans la Land Rover. Il sortit son portable pour regarder ses messages. Il y avait un texto de Jimmy Anderson : « Foncez à Cnothan, magnez-vous. L'épicerie a été cambriolée. »

Tout comme Jimmy, Hamish y vit le moyen de couvrir sa visite à Perth. Il mit la sirène et le gyrophare, sans plus se soucier que la police de Perth le remarque et fonça à Cnothan, pied au plancher.

Jimmy était passé avant lui, mais il s'était contenté d'une inspection sommaire avant de filer. Hamish s'aperçut qu'il y avait des caméras de surveillance dans le magasin, examina les vidéos et reconnut deux jeunes du coin.

Il les arrêta et les emmena à Strathbane, où ils furent inculpés et convoqués devant le juge un mois plus tard.

Quand il rentra à Lochdubh, il s'aperçut qu'il n'avait pas mangé de la journée, et Lugs non plus. Comme d'habitude, il commença par nourrir le chien avant de se faire des œufs brouillés. Il s'installait devant l'ordinateur quand Elspeth débarqua dans le bureau.

– Vous pourriez frapper, maugréa-t-il.

– Vous charriez. Je vous ai aidé, vous vous rappelez ?

– Bon, d'accord. Asseyez-vous, je ne veux pas vous entendre.

– Attendez, fit Elspeth. Comment ça, Archie a vu un jeune de dix-sept ans traîner du côté de la poste ?

– Je me suis pas mal interrogé. C'était peut-être quelqu'un de plus vieux. Archie n'a pu décrire que ses vêtements.

– Où étiez-vous aujourd'hui ?

– À Perth.

– Vous avez découvert quelque chose ?

– Surtout, gardez ça pour vous. J'ai découvert pourquoi Amy Beattie s'était enfuie de chez elle.

– Et pourquoi ?

– Elle était enceinte.

– Ça alors. De Stoddart ?

– Non. Du directeur de banque, Graham Simpson.

– Et où est l'enfant ?

– Elspeth, se fâcha Hamish, si je le savais, je…

Il fixa soudain l'écran, le regard absent.

– Quoi ? s'impatienta Elspeth.

– Je repense à la lettre, celle qu'on a trouvée à côté du corps de Miss Beattie. Elle disait : « J'ai la preuve que tu es une bâtarde. Ton père n'a jamais épousé ta mère et je vais le dire à tout le monde. » Et si elle avait été envoyée à quelqu'un d'autre ? Attendez, je réfléchis. Imaginons que l'enfant de Miss Beattie vive à Braikie. Qu'il ait été adopté, mettons. Les parents adoptifs veulent à tout prix protéger l'enfant et interceptent la lettre qui lui a été envoyée.

– Mais s'ils avaient adopté l'enfant, ils n'avaient rien à craindre. Ça ne tient pas, Hamish.

– Vous avez raison. Taisez-vous, laissez-moi relire mes notes.

– Quand est-ce que Miss Beattie est arrivée à Braikie ?

– Il y a environ seize ans, apparemment. Je vous ai dit de vous taire, Elspeth.

La journaliste rongea son frein en silence.

– Pourquoi vous me demandez quand elle est arrivée ? reprit-il.

– Je pensais à quelqu'un qui semble avoir soulevé des passions et qui se trouve avoir seize ans.

Ils se regardèrent et s'écrièrent en chœur :

– Penny Roberts !

– Miss Beattie avait beaucoup changé, physiquement, observa Hamish. Billy a dit qu'elle avait eu un cancer. Mais à en juger par les photos d'elle quand elle était jeune, c'était une jolie fille et Graham Simpson était beau garçon. Mr et Mrs Roberts sont loin d'être beaux. Je me souviens m'être demandé comment ils avaient fait pour avoir une fille aussi sublime. Et si Miss Beattie avait voulu reprendre sa fille ? Et si elle voulait que Penny sache qu'elle était sa vraie mère ? Et si Miss McAndrew avait découvert le secret de la naissance de Penny ?

– Ça établirait un lien entre les deux meurtres, articula Elspeth. Miss McAndrew a peut-être deviné la vérité. Elle voulait que Penny aille à l'université. Imaginez qu'elle ait menacé de révéler à Penny qui était sa vraie mère s'ils ne l'aidaient pas à la faire entrer à la fac ?

– Mais comment procéder ? dit Hamish. Si je soumets mes hypothèses à Blair, il exigera des preuves et je n'en ai aucune.

– Il y avait bien quelqu'un qui savait que Miss Beattie était enceinte quand elle est arrivée.

– Pas forcément. Quand elle est arrivée, elle a fait des ménages. Et si elle avait été employée chez les Roberts et leur avait révélé son secret ? Peut-être que Mary Roberts avait toujours voulu avoir un enfant. Peut-être qu'elle a fait semblant d'être enceinte et expédié Miss Beattie quelque part. Le bébé naît. Mary Roberts se débarrasse du coussin qu'elle portait et présente le nouveau-né. Je vais commencer par aller les voir demain.

Elspeth entendit un bruit. Elle leva la main.

– Vous n'avez pas entendu quelque chose ?

Ils tendirent l'oreille, mais ne distinguèrent que le vent.

Jenny sortit sur la pointe des pieds du poste de police, le cœur battant à tout rompre. Elle était entrée en espérant parler à Hamish. Elspeth avait laissé la porte ouverte. En entendant des voix dans le bureau, Jenny avait décidé d'écouter la conversation.

Elle tenait une histoire ! Et si elle découvrait la vérité elle-même et la racontait à Pat ? Elle jeta un œil à sa montre. Il était presque vingt-trois heures.

Elle avait fini par céder et louer la Morris Minor à Iain après avoir négocié le prix. C'était un tas de rouille, mais elle marchait bien. Elle rejoignit la voiture et prit la direction de Braikie. Son bras la démangeait sous le plâtre qui commençait à être sale. Jenny décida d'aller trouver les Roberts, puis de raconter à Pat ce qu'elle avait appris et de revenir avec lui le lendemain. Il pourrait alors aller les voir et, de son côté, elle irait à l'hôpital demander si on pouvait bientôt lui enlever le plâtre.

Quand elle se gara devant chez les Roberts, elle fut soulagée de voir de la lumière à une fenêtre du rez-de-chaussée. Ils n'étaient pas encore couchés.

Mary Roberts vint lui ouvrir.

– Oh, c'est vous. Qu'est-ce qui vous amène à une heure pareille ?

– J'ai découvert quelque chose d'important qui peut vous intéresser.

– Bon, entrez. Mais faites vite. Nous allions nous coucher.

– Où est Penny ? demanda Jenny en entrant dans le salon, où Cyril Roberts se leva pour la saluer.

– Elle est en vacances chez ma sœur, à Lochinver, répondit Mary. Alors, qu'est-ce qui vous amène ?

Jenny s'assit. À présent qu'elle était là, elle était embarrassée et mal à l'aise.

– Je repensais à la lettre anonyme qui a été trouvée à côté du corps de Miss Beattie. Et si cette lettre était destinée à une autre ? Et que des gens ne voulaient pas qu'on sache que leur enfant n'était pas le leur ?

Mary Roberts eut l'air déconcertée.

– Mais qu'est-ce que ça a à voir avec nous ?

Jenny prit son courage à deux mains.

– Je me suis dit que Penny n'était peut-être pas votre fille biologique.

Les Roberts échangèrent un regard puis éclatèrent de rire.

– Vous croyez que nous sommes trop laids pour avoir une fille aussi belle que Penny ? Oh, inutile de rougir. Ce n'est pas la première fois qu'on entend ça. Vous avez parlé à quelqu'un de cette idée saugrenue ?

Jenny ne voulait pas avouer qu'elle avait espionné Hamish au poste de police.

– Je n'en ai parlé à personne. C'est juste une idée qui m'est venue. En fait, c'est pour Pat Mallone, le journaliste. Voyez-vous, nous comptons nous marier et je voulais lui trouver un sujet d'article. J'espère ne pas vous avoir offensés.

– *Och*, vous êtes jeune et on peut être bête quand est jeune. Je vais vous faire un thé et puis vous pourrez y aller.

Mary se leva et passa derrière le canapé.

– Je ne veux rien, merci, dit Jenny.

Puis elle reçut un coup violent derrière la tête et elle perdit connaissance.

– Pourquoi tu as fait ça ? cria Cyril tandis que Jenny s'affaissait sur le canapé.

Sa femme fouilla dans la poche de Jenny et en sortit ses clés de voiture.

– Tu prends sa voiture et tu t'en débarrasses quelque part dans les collines. Moi, je m'occupe d'elle.

Le lendemain matin, Hamish était en route pour Braikie, espérant boucler enfin l'affaire pour pouvoir aller à la pêche et profiter de cette rare journée printanière. Un vent chaud soufflait du Gulf Stream et de gros nuages blancs filaient dans un ciel bleu. Il était presque aux abords de la ville quand une petite silhouette se jeta devant la Land Rover de la police et leva les bras.

Hamish poussa un juron, pila dans un crissement de pneus et vit la figure surexcitée d'Archie Brand.

Il descendit de voiture et le gronda :

– J'aurais pu t'écraser. Ne refais jamais ça.

– Mais j'ai vu un truc super bizarre hier soir.

– Quoi ?

– Des fois, je fais le mur pour aller me balader. Ne le dites pas à ma mère.

– C'est quoi, le rapport ?

– Hier soir, j'étais sur les falaises, de l'autre côté de Braikie. J'aime bien m'allonger là-haut pour regarder les vagues. J'étais couché dans la bruyère quand j'ai entendu une voiture. Elle a quitté la route et elle s'est approchée tout au bord du ravin. Et puis là, un type est descendu, il s'est mis derrière la voiture, il l'a poussée de toutes ses forces, elle est tombée de la falaise et a plongé dans la mer, comme dans les films. Je me suis caché dans la bruyère jusqu'à ce qu'il soit parti.

– Monte, lui dit Hamish. Montre-moi où c'était.

Archie grimpa dans la Land Rover.

– À quoi ressemblait ce type ?

– Je sais pas. Il faisait noir et j'avais peur. Y avait pas de lune.

Qu'est-ce qui s'est encore passé ? soupira intérieurement Hamish. Il traversa Braikie, sortit de la ville, prit la route de la falaise et roula jusqu'à ce qu'Archie s'écrie :

– C'est là !

Hamish s'arrêta et ils descendirent tous les deux.

– La marée descend, constata Archie en le tirant par la manche. On verra peut-être quelque chose.

Hamish s'approcha du bord de la falaise, s'allongea à plat ventre et regarda en contrebas. De grandes vagues transparentes s'écrasaient sur les rochers, submergeant une Morris Minor fracassée.

– *Och*, elle a pas pris feu, soupira Archie avec déception. Dans les films, elles prennent feu.

Hamish reconnut la Morris Minor de Iain. Il retourna à la Land Rover et demanda des renforts par radio. Puis il appela Iain et lui demanda s'il avait loué la voiture à Jenny.

– Oui, je la lui ai louée hier.

– Venez vite, j'ai besoin que vous l'identifiiez, il y a une voiture à l'eau et je crois bien que c'est la vôtre.

Hamish lui indiqua l'endroit et s'assit en attendant qu'ils arrivent tous.

– Il va falloir que je dise que j'étais là à minuit ? demanda Archie.

– J'en ai bien peur. Tu as vu cet homme. Il y aura peut-être un détail qui te reviendra. Ta mère te pardonnera. Ce n'est pas un crime.

– Ça se voit que vous connaissez pas ma mère, marmonna tristement Archie.

– Elle a une voiture ?

– Oui.

– OK, c'est quoi ton numéro de téléphone ? Il vaut mieux qu'elle vienne avant qu'ils ne t'interrogent.

Hamish téléphona à Mrs Brand, qui lui dit qu'elle venait aussi vite que possible. Heureusement, elle arriva en même temps que Blair, car Hamish était sûr que l'irascible inspecteur-chef n'aurait pas hésité à malmener le jeune garçon pour obtenir des informations.

La matinée fut longue. Des policiers en tenue d'escalade descendirent la falaise et annoncèrent qu'il n'y avait personne dans la voiture, mais que la vitre côté conducteur était baissée et que Jenny avait peut-être essayé de gagner la rive à la nage. Hamish fut alors envoyé à Lochdubh pour voir si quelqu'un avait aperçu Jenny au volant de la voiture.

Sa logeuse lui ayant appris qu'elle n'avait pas dormi là et Pat Mallone étant introuvable, Hamish s'apprêtait à repartir bredouille, lorsqu'il tomba sur la femme du pasteur, Mrs Wellington.

– Je pensais que vous seriez la dernière personne à l'avoir vue, lui lança-t-elle d'une voix tonitruante en le fixant d'un œil perçant.

– Pourquoi ça ?

– Je l'ai aperçue de loin, tard, hier soir. Elle sortait du poste de police. Et puis elle est montée en voiture et elle est partie.

Hamish resta figé sur place, indifférent au sermon de Mrs Wellington qui l'accusait de séduire de jeunes et innocentes Londoniennes. Elspeth avait cru entendre un bruit. Et si Jenny avait écouté leur conversation ? Et si elle avait décidé d'aller voir les Roberts ?

Il fallait qu'il appelle Blair. Mais Blair déboulerait chez les Roberts, ils nieraient tout en bloc et ça n'irait pas plus loin.

Hamish sauta dans la Land Rover et fonça à Braikie.

Jenny reprit connaissance. Elle était ligotée et bâillonnée. Elle avait la nausée et craignait de vomir dans le bâillon et de s'étouffer. Il faisait noir. Où était-elle ?

Brusquement, elle se souvint. Elle parlait aux Roberts quand soudain, on l'avait frappée par-derrière. Elle donna un coup de pied contre ce qui lui sembla être une porte en bois. Puis un second.

La voix de Cyril Roberts retentit de l'autre côté de la porte, basse, menaçante.

– J'ai un fusil. Si je vous entends encore, je vous descends à travers la porte.

Elle se recroquevilla, terrifiée.

Puis elle entendit Mary Roberts.

– On ne peut pas la garder éternellement dans ce placard. Quand est-ce que tu t'en débarrasses ?

– Quand il fera nuit.

– Pourquoi tu ne l'as pas balancée du haut de la falaise avec sa voiture ?

– Je ne sais pas. Je ne veux pas d'un autre meurtre.

– C'est un peu tard pour ça, dit Mary d'un ton sardonique.

– C'est toi qui as eu l'idée de te débarrasser de la voiture. Tu avais dit que tu t'occupais d'elle.

Leurs voix geignardes s'éloignèrent.

Jenny se mit à prier. Si Dieu la sortait de là, jura-t-elle, elle rentrerait à Londres, travaillerait dur et oublierait les hommes.

Pat Mallone arriva au journal, en retard comme d'habitude. Le téléphone sonnait sur son bureau. Il décrocha.

– Jack Pelting, dit un homme au bout du fil. Je suis le rédacteur en chef du *Bugle*. Vous pourriez venir à Londres pour un entretien ?

Le cœur de Pat se mit à battre à tout rompre.

– Oui, bien sûr, répondit-il avec enthousiasme. En fait, en partant tout de suite, je peux même passer la nuit à Londres et être là demain matin pour l'entretien.

– On vous réserve une chambre au Jessop Hotel, près de St. Katharine's Dock. Vous connaissez ?

– Je trouverai.

– Bien. À demain, donc, à onze heures.

Pat le remercia et raccrocha. Il leva le poing. Sam entra et le fusilla du regard.

– File à Braikie. On a retrouvé la voiture de Jenny Ogilvie au pied d'une falaise et elle s'est peut-être noyée.

Pat n'eut qu'une seconde d'hésitation. Si elle était en vie, Jenny pouvait bien se débrouiller toute seule ; et si elle était morte, il n'y pouvait rien.

– OK, lança-t-il d'un ton enjoué. J'y vais.

Il se rendit directement à sa pension et fit ses

bagages. Il laissa un mot à sa logeuse, la prévenant qu'il partait, attrapa sa valise, la jeta dans la voiture et prit en sifflotant la route du sud, direction Londres.

# 10

« Passant dans la rue désertée
Balayée par le vent qui chantait
J'entendais claquer sur le pavé
Les pas du gardien de la paix. »

William Makepeace Thackeray

Hamish se gara devant la maison des Roberts. Ce qui lui avait semblé si évident lui paraissait soudain absurde. C'était un couple de gens respectables qui adoraient leur fille. Et non des tueurs en série. Et comment aborder le sujet ? Mais il était bien trop inquiet pour Jenny. Il descendit de la Land Rover, alla jusqu'à la porte d'entrée, redressa les épaules et sonna.

Mary Roberts vint lui ouvrir.

– Ah, c'est vous, dit-elle. On s'apprêtait à sortir.

– Votre mari ne travaille pas.

– Il avait des congés à prendre, alors il en profite pour se reposer.

– Je peux entrer ?

Elle était manifestement réticente.

– Je n'ai pas encore fait le ménage. Bon, d'accord, mais juste une minute.

Hamish la suivit dans le salon. En le voyant, Cyril Roberts se leva en reposant le journal du matin.

– Qu'est-ce qui vous amène, monsieur l'agent ?

– Jenny Ogilvie a disparu et sa voiture a été retrouvée au pied des falaises.

– C'est affreux, fit Cyril. La pauvre s'est noyée ?

– On poursuit les recherches. La vitre était ouverte d'un côté, il se peut qu'elle ait réussi à s'extraire de la voiture et qu'elle ait été emportée par le courant. Vous l'avez vue récemment ?

Dans le placard où elle était emprisonnée, à l'étage, Jenny entendit des voix. Elle essaya de trouver le courage de crier, mais elle se sentait faible et nauséeuse. Et si le visiteur était un complice ?

– Non, on ne l'a pas revue depuis qu'elle est venue avec vous, affirmait Cyril. Vous avez besoin d'aide pour les recherches ?

– Non, nous avons suffisamment d'effectifs sur le terrain. Où est Penny ?

– En vacances. Elle est chez ma sœur, à Lochinver, répondit Mary.

– Quand Miss Beattie est arrivée à Braikie, elle a fait des ménages. Elle a travaillé pour vous ?

– Oui, quelque temps, et puis elle a appris qu'on cherchait une receveuse des postes, elle a passé l'examen et a été acceptée. Il faut dire qu'elle a eu de la chance : à Braikie, ça n'intéressait personne, et les gens de Strathbane n'ont pas envie d'habiter dans un endroit aussi reculé.

Hamish croyait de moins en moins à son hypothèse. Ils semblaient tellement détendus, l'un et l'autre.

– Vous n'auriez pas entendu une voiture hier soir, aux environs de minuit ?

– Non, aucune, certifia Mary.

Hamish renonça.

– Bon, si vous entendez quoi que ce soit, appelez-moi.

Mary Roberts le raccompagna à la porte.

À l'étage, Jenny s'affaissa dans le placard, le visage baigné de larmes.

Hamish fit le tour des maisons voisines et demanda aux gens s'ils avaient entendu une voiture aux environs de minuit. Personne n'avait rien entendu. Sauf un voisin, qui en avait peut-être entendu une, mais qui ne prêtait jamais attention aux véhicules qui passaient sur la route.

Hamish s'appuya contre la Land Rover et réfléchit. Les Roberts ne pouvaient pas être coupables. Ça aurait été bien trop risqué de partir au volant de la voiture de Jenny alors que n'importe quel voisin aurait pu regarder par la fenêtre. Cela étant, ils étaient tous âgés et se couchaient sûrement de bonne heure.

Et pourtant, il avait le sentiment que les meurtres étaient l'œuvre de simples amateurs : des amateurs qui avaient eu une chance incroyable, des amateurs qui avaient à peine réfléchi à ce qu'ils faisaient. Or Jenny avait été vue sortant précipitamment du poste de police. Si elle avait entendu la conversation qu'ils avaient eue avec Elspeth, elle avait peut-être décidé de jouer elle-même les détectives.

– Qu'est-ce qu'il fait ? souffla Cyril Roberts. Il est toujours là.

Mary, qui guettait à la fenêtre, se tourna vers lui.

– Je n'aime pas ça.

– Ils n'ont aucune preuve.

– *Och*, pourquoi tu n'as pas laissé la fille dans la voiture quand tu l'as balancée du haut de la falaise ?

– Arrête. C'est toi qui m'as dit de me débarrasser de la voiture. C'est toi qui as dit que tu t'occupais d'elle.

– Il ne va quand même pas rester planté là toute la journée, dit Mary. Il est allé interroger les voisins. Heureusement, ils ont l'air de n'avoir rien vu. On ferait mieux d'aller la chercher et de la liquider ; comme ça, si jamais Macbeth ou quelqu'un d'autre vient, il n'y aura pas de risque qu'elle fasse du bruit.

– On est vraiment obligés de la tuer ? Il n'y a pas d'autre solution ?

– Ne sois pas ridicule. Qu'est-ce qu'il y a, tu te dégonfles ?

– Ça vire au cauchemar. Je ne peux pas monter et la tuer comme ça de sang-froid. Si je l'abats avec le fusil, la police recherchera tous les fusils déclarés de Braikie. Je ne supporte pas l'idée de lui défoncer froidement le crâne. Tu t'en charges.

– Ça ferait trop de bruit. La visite de la police risque d'avoir alerté les voisins. Il vaut mieux attendre qu'il fasse nuit. On l'emmènera là-haut, du côté de la vieille carrière, et on la balancera au fond. Les parois sont tellement escarpées que c'est impossible d'en sortir.

Le portable de Hamish sonna. C'était Priscilla qui appelait de Londres.

– Qu'est-ce qui est arrivé à Jenny, Hamish ? Elle a envoyé un arrêt de travail mais je suis sûre qu'elle n'a jamais été malade.

Hamish lui raconta en deux mots ce qu'il était advenu de la voiture de Jenny.

– Oh, Hamish ! s'écria Priscilla. Qu'est-ce qui est arrivé à Jenny ?

– J'espère le découvrir avant qu'il ne soit trop tard. Je te rappelle dès que j'ai des nouvelles.

– Il est toujours là, dit Mary Roberts, et il faut qu'on sorte.

– Pourquoi ?

– Je lui ai dit qu'on s'apprêtait à sortir et si on reste ici, il risque de trouver ça louche.

Le téléphone de Hamish sonna de nouveau. C'était Elspeth.

– Hamish, Pat Mallone s'est tiré. Il était censé

aller à Braikie, mais il a laissé un mot à sa logeuse disant qu'il ne reviendrait pas et toutes ses affaires ont disparu. Vous croyez que Jenny est partie avec lui ?

– Espérons. Vous avez le numéro de sa plaque d'immatriculation ?

– Oui, je l'ai récupéré dans le fichier, dit-elle avant de le lui donner. Et les Roberts ?

– D'un calme olympien. Je vous rappelle.

Hamish téléphona à Jimmy Anderson et lui expliqua que Pat Mallone était parti et que Jenny était peut-être avec lui. Puis il ajouta :

– Il faut que je vérifie si elle a également plié bagage. Mais je pense que ça vaut malgré tout la peine d'interpeller Mallone pour l'interroger. C'est quand même bizarre qu'il ait choisi ce moment pour décamper.

Pat Mallone roulait tranquillement sur l'A-9, sifflotant un air qui passait à la radio. Les monts Grampians s'élevaient de part et d'autre de la voiture. Un brillant avenir l'attendait. Il se rendait compte qu'il était content de quitter les Highlands, content de retourner à la civilisation. Il hésitait à s'arrêter à Aviemore pour prendre un brunch, lorsqu'il entendit une sirène de police derrière lui. Il ralentit pour laisser passer la voiture de patrouille, mais à son grand désarroi, elle se rabattit devant lui et une main de policier s'agita par la vitre, lui indiquant de s'arrêter.

Pat obtempéra en jetant un œil au compteur. Il n'avait pas dépassé la limite de vitesse.

Il baissa la vitre.

– Oui ? C'est important ? dit-il au policier qui le toisait.

– Vous êtes bien Patrick Mallone ?

– Oui, mais...

– Vous devez nous suivre à Strathbane pour interrogatoire.

– Pourquoi ?

– Miss Ogilvie a disparu.

– C'est son problème, fulmina Pat. Écoutez, il faut absolument que j'aille à Londres.

– Ça ne va pas être possible.

Pat fut pris d'un accès de rage et de frustration. Cet abruti de flic des Highlands se dressait entre son bel avenir et lui, entre la splendeur de Londres et le monde barbare de l'Écosse.

Aveuglé par la fureur, il remonta la vitre, appuya sur l'accélérateur, contourna la voiture de police et fonça sur l'A-9 pied au plancher. Le compteur monta à cent soixante, dépassa les cent quatre-vingts. La raison l'avait abandonné. Il poursuivit sa course folle, zigzaguant entre les voitures, manquant de peu à plusieurs reprises de percuter une voiture arrivant en sens inverse.

Il jeta un coup d'œil dans le rétroviseur. Aucun signe du gyrophare. Prends la première sortie, lui hurlait son cerveau. Mais il était sous l'emprise de ses émotions, qui lui assuraient qu'une fois loin des Highlands, tout irait bien.

Il leva un peu le pied et soudain, il étouffa un cri. Un motard de la police s'était faufilé le long de sa voiture et lui faisait signe de s'arrêter.

Pat réaccéléra aussitôt. Au détour d'un virage, il freina brusquement, évitant de justesse d'emboutir une file de véhicules à l'arrêt.

Le motard de la police s'arrêta à sa hauteur et toqua à la vitre. D'autres policiers surgirent de derrière les voitures qui étaient devant lui. Un barrage, se dit Pat. Il aurait dû s'en douter. Il descendit de voiture.

– Contre le capot, les mains dans le dos, vocifera le policier.

Submergé par la peur et le désarroi, Pat s'exécuta docilement. Il fut menotté, emmené et poussé dans un fourgon de police tandis que pleuvaient les accusations d'excès de vitesse, de refus d'obtempérer et d'entrave à une enquête policière.

Avachi dans le fourgon, Pat broyait du noir. Une fois qu'ils l'auraient interrogé, ils le laisseraient sûrement partir. Il pourrait rejoindre Inverness et sauter dans un avion.

Un peu plus tard, Sam reçut un coup de fil de la police lui demandant de confirmer que Pat était parti à Londres pour passer un entretien avec le *Daily Bugle*. Sam répondit d'un ton morose qu'il n'en savait rien et leur suggéra de téléphoner au rédacteur en chef du *Bugle*. Quand il eut raccroché avec la police, il s'empressa d'appeler ledit rédacteur en chef, Jack Pelting, qui lui confirma que Pat était attendu pour un entretien le lendemain matin.

– Il a été interpellé par la police pour interrogatoire, lui expliqua Sam. Sa petite amie a disparu. À votre place, je ne perdrais pas mon temps avec lui.

– Pourquoi ça ? Il m'a l'air d'un bon journaliste. Son papier sur Braikie était excellent.

– Il n'est pas de lui. Il a été écrit par Elspeth Grant et il l'a signé à sa place.

Jack Pelting poussa un soupir.

– Je peux vous demander une faveur ? Faites-le prévenir que l'entretien est annulé. Et Elspeth Grant, alors ?

– Vous n'avez pas intérêt, répliqua Sam. J'ai besoin d'elle.

Sam téléphona ensuite au commissariat central de Strathbane et leur demanda de dire à Pat qu'on ne voulait plus de lui à Londres.

C'était l'inspecteur-chef Blair qui se chargeait de cuisiner Pat. Ce dernier avait beau s'échiner à répéter qu'il ne savait pas où se trouvait Jenny, rien n'y faisait.

En ce cas, rugissait Blair, pourquoi avait-il fichu le camp sans même prévenir son rédacteur en chef du *Highland Times* qu'il partait ? L'interrogatoire n'en finissait pas et le regard de Pat s'échappait de temps en temps vers la grosse pendule au mur, dont les aiguilles grignotaient peu à peu de précieuses minutes.

Il s'acheva enfin et le jeune homme fut libéré sous caution et cité à comparaître devant le juge de Strathbane. On lui indiqua que sa voiture était garée dans le parking. Au moment où il partait, le sergent de service lui tendit un mot.

– Un message pour vous.

Pat le prit et regagna sa voiture. Il s'apprêtait à démarrer quand il estima qu'il valait mieux le lire. Il était de Sam. « Jack Pelting a annulé ton entretien. »

Furieux, il donna un grand coup sur le volant. Puis il regarda sa montre. Dix-huit heures. Il pouvait peut-être avoir Jack avant qu'il ne s'en aille. Il appela le *Bugle* et demanda à parler au rédacteur en chef. Il attendit en se rongeant les ongles. Quand on lui passa Jack, il poussa un soupir de soulagement.

– C'est Pat Mallone, dit-il. Écoutez, je peux être là demain. J'ai été retenu par la police parce qu'une fille que je connais a disparu. Mais je viens d'être libéré car je n'ai rien à voir avec tout ça. Si je prends un vol à Inverness, je serai là demain matin.

– Votre patron m'a dit que vous aviez piqué le papier d'une de vos consœurs.

– C'est un malentendu.

– Ce n'est pas l'impression que j'ai eue. En tout cas, l'entretien est annulé.

– Mais…

Le rédacteur en chef avait raccroché.

Pat resta immobile un long moment, puis il démarra lentement. Et puis zut, qu'ils aillent se faire voir. Il rentrait en Irlande.

Hamish avait discrètement surveillé les Roberts toute la journée. Ils étaient sortis deux fois pour faire des courses et ils étaient à présent rentrés. Il retourna à Lochdubh, et se changea. Il appela Angela à qui il avait confié Lugs le matin et la supplia de le garder pour la nuit. Puis il téléphona à Elspeth et lui demanda si elle pouvait lui prêter sa voiture.

– Pourquoi ?

– Parce que je veux pouvoir surveiller la maison des Roberts sans être repéré.

– Seulement si je peux venir avec vous.

– Bon, d'accord, soupira Hamish à contrecœur. S'ils séquestrent Jenny, ils essaieront probablement de s'en débarrasser cette nuit.

Il se rendit à la rédaction du journal. Elspeth sortait seulement.

– Vous travaillez tard, observa Hamish.

– Pat assurait quand même un minimum de travail, et maintenant qu'il est parti, je me retrouve avec deux fois plus d'articles, en plus de l'horoscope. Et pour couronner le tout, Mrs Glennon d'Alness, qui s'occupe des recettes de cuisine, est malade et j'ai dû m'en charger aussi.

– Ce n'est pas trop difficile ? Les quantités nécessaires, tout ça ?

– J'ai trouvé un vieux livre de recettes écossaises et je m'en suis inspirée.

– On plagie, Elspeth ?

– Sans doute, oui. C'est un très vieux livre. J'espère que personne ne s'en apercevra.

Hamish monta dans la petite voiture d'Elspeth et ils prirent la route. Il faisait froid, le vent soufflait en rafales et de gros nuages filaient devant une demi-lune.

– Vous croyez que les Roberts sont les coupables ? demanda Elspeth.

– À part eux, je ne vois pas qui ça peut être. Jenny a été aperçue en train de sortir du poste après notre conversation.

– Si c'est eux, ils ont pris un sacré risque en prenant sa voiture pour aller la balancer du haut des falaises. N'importe quel voisin aurait pu les voir partir.

– La plupart devaient dormir. Personne n'a rien entendu, sauf un qui a cru – seulement cru – entendre une voiture.

– Mettons que ce soit eux, observa Elspeth. Dans ce cas, je me demande bien qui a envoyé la vidéo au foyer…

– *Aye*, c'est ce qu'il y a de bizarre.

Ils restèrent un moment silencieux.

– Et si je me trompais à leur sujet ? reprit Hamish. Par où commencer ?

– Au fait, j'ai vérifié avant de partir du bureau,

on n'a pas retrouvé de corps en mer. Vous avez eu des nouvelles de Priscilla ?

– Oui, elle était inquiète parce que Jenny s'est fait porter pâle et que d'après elle, Jenny n'est jamais malade.

– Exit un de mes espoirs.

– Lequel ?

– Que Jenny ait eu peur des meurtres ou que quelqu'un lui ait fait peur, et qu'elle ait préféré prendre le large en laissant tout derrière elle.

– Après avoir balancé sa voiture du haut d'une falaise ?

– Oui, ce n'est pas crédible, je sais. Mais peut-être qu'elle a abandonné la voiture avec les clés sur le contact et que des jeunes l'ont piquée pour faire une virée.

– C'est tiré par les cheveux.

– Peut-être, mais je commence à penser que nos soupçons ne tiennent pas la route non plus. Franchement, aller commettre deux, voire trois meurtres, tout ça parce que vous ne voulez pas qu'on sache que votre enfant n'est pas vraiment le vôtre !

– Parfois, je me dis qu'à force de vivre là-haut, d'être confrontés à l'isolement, aux longs hivers obscurs, les gens deviennent fous. La couche de terre est mince, la roche est ancienne, et il y a des endroits où des méfaits ont été commis, il y a longtemps de ça, et le sol suinte encore la malveillance.

Elspeth eut un petit rire nerveux.

– Les anciens diraient que ce sont les elfes ou les fées et leur feraient une offrande de fer et de sel.

Ils arrivèrent sur la route côtière, passèrent devant la rangée de maisons où vivaient les Roberts et se garèrent tout au bout.

– Qu'est-ce qu'on fait, maintenant ? demanda Elspeth.

– On attend et on croise les doigts.

Quand la porte du placard s'ouvrit, Jenny cligna des yeux, éblouie par la lumière. Cyril Roberts l'attrapa de ses bras vigoureux et la traîna sur le palier. Il brandit un couteau aiguisé et Jenny écarquilla les yeux d'effroi. Mais il se pencha pour couper la corde qui lui ligotait les chevilles et la releva.

– Avance ! lui ordonna-t-il.

Jenny fit quelques pas, mais elle était si affaiblie par la faim et le coup qu'elle avait reçu sur la tête qu'elle serait tombée s'il ne l'avait pas retenue.

Mary Roberts apparut.

– Aide-moi à la faire descendre, dit Cyril.

– On s'embête pour rien, pesta Mary. Pourquoi ne pas la tuer tout de suite ?

– Quand on l'aura balancée dans la carrière, ils retrouveront de l'eau dans ses poumons parce qu'elle se sera noyée. Et avec un peu de chance, ils concluront peut-être au suicide.

– Elle sent mauvais.

– Évidemment, elle n'a pas été aux toilettes.

Jenny fut traînée au rez-de-chaussée et jetée sur

une chaise, non sans qu'en ménagère soucieuse de son mobilier, Mary ait au préalable posé des journaux dessus.

– Quand est-ce qu'on y va ? demanda Mary.

– On attend encore une heure.

– Jette un œil dehors pour voir si le flic ne rôde pas dans les parages.

Cyril alla à la porte d'entrée, l'ouvrit et regarda des deux côtés de la rue. Il ne vit pas la petite voiture noire d'Elspeth, garée sous les branches tombantes d'un cytise.

Il rentra.

– La voie est libre, annonça-t-il.

Les paupières d'Elspeth devinrent lourdes. Sa tête roula lentement sur le côté et vint se poser contre l'épaule de Hamish, et elle ne tarda pas à s'assoupir. Hamish était également fatigué. La chaleur d'Elspeth qui pesait de tout son poids contre lui l'engourdissait peu à peu.

Hamish se vit soudain au bord de l'Anstey par une belle journée ensoleillée. Priscilla marchait à côté de lui, ses cheveux blonds étincelant au soleil. Il faisait doux, il était heureux. Ils étaient enfin ensemble. Il entendit une voiture et fronça les sourcils dans son sommeil à l'idée d'être dérangé par des intrus. Il se réveilla à l'instant où la voiture des Roberts passait devant eux.

Hamish secoua Elspeth.

– Ils sont partis et je les ai ratés. Je me suis

endormi. Suivez-les de loin et surtout, n'allumez pas les phares. Dès qu'ils se seront arrêtés, coupez le moteur pour qu'ils ne nous entendent pas.

Elspeth embraya et démarra, en priant pour que celui des deux qui conduisait ne les repère pas en regardant dans le rétroviseur. La voiture sortit de Braikie et prit la route de Lochdubh.

– Il y a plein de virages, observa Hamish, on va pouvoir les suivre d'assez près sans qu'ils nous voient.

– Où vont-ils, à votre avis ? demanda Elspeth.

– Attendez, je réfléchis. S'ils détiennent Jenny et veulent se débarrasser d'elle, le plus logique serait de l'emmener en haut des falaises, là où la voiture a été poussée, et de la jeter dans la mer. On supposerait alors qu'elle était effectivement dans la voiture à ce moment-là.

– Mais le légiste découvrirait qu'elle a été tuée après.

– Il ne peut pas faire de miracles. Une fois qu'un corps a séjourné quelque temps dans l'eau, qu'il a tapé contre les rochers, été attaqué par les poissons, il est difficile de déterminer avec précision quand la victime a été tuée.

Hamish sortit son portable.

– J'appelle des renforts. Si Jenny n'est pas avec eux, je passerai pour un imbécile, mais je préfère prendre le risque.

Il téléphona à Strathbane et expliqua ses soupçons et la raison pour laquelle il suivait les Roberts sur la route de Lochdubh. Soudain, au détour d'un virage, Elspeth lui dit :

– J'ai l'impression qu'on les a perdus.

– Arrêtez-vous !

Hamish scruta l'obscurité. Il baissa la vitre et tendit l'oreille.

– Il y a une voiture, à gauche, dans la colline. Du côté de l'ancienne carrière, celle qui est inondée. C'est là qu'ils vont.

– C'est par où ?

– Vous faites demi-tour, puis après le prochain virage, vous verrez un chemin couvert de bruyère, sur la droite.

Hamish rappela Strathbane pour leur préciser comment se rendre à la carrière.

Elspeth trouva le chemin et la petite voiture se mit à cahoter sur les ornières.

– Ce n'est plus très loin, dit Hamish. On va continuer à pied. Ou plutôt, restez là. C'est dangereux.

– Je veux mon papier, protesta Elspeth. Je viens.

– Alors, restez derrière moi et surtout, pas de bêtises.

Ils gravirent rapidement le vieux chemin envahi de mauvaises herbes et de bruyère qui étouffaient le bruit de leurs pas.

Cyril coupa le contact.

– On y est, dit-il.

– Tu l'assommes avant de la balancer ? demanda Mary.

– Non. Il ne vaut mieux pas, ça serait louche. Je te l'ai dit, les parois de la carrière sont tellement raides, que même si elle a la force de nager, elle ne pourra jamais remonter.

Ils descendirent tous les deux de voiture. Cyril sortit son fusil.

– Pourquoi tu le prends ? demanda Mary.

– Jusque-là, tout s'est bien passé. Il vaut mieux s'assurer que personne ne nous surprenne. Tu peux le tenir, je vais ouvrir le coffre et la sortir.

Hamish et Elspeth s'accroupirent dans la bruyère. La lune surgit brusquement de derrière les nuages.

– Merde, il a un fusil, glissa Hamish à l'oreille d'Elspeth.

– Il ne serait quand même pas assez idiot pour tirer sur un policier ? chuchota Elspeth.

– Ces deux-là sont capables de tout.

– Tu n'as pas entendu quelque chose ? demanda brusquement Mary.

Cyril se figea et tendit l'oreille.

– Non, rien.

Mary frissonna.

– Cet endroit me fait froid dans le dos. C'est hanté, tu sais.

– N'importe quoi, fit Cyril en ouvrant le coffre. Aide-moi à la sortir.

Hamish entendit un bruissement dans la bruyère, juste à côté de lui. Il sentit Elspeth s'éloigner et tendit le bras pour l'en empêcher, mais elle était déjà partie. Il jura entre ses dents. Il allait devoir affronter les Roberts, mais il aurait aimé mettre d'abord la main sur ce fusil.

Les Roberts avaient perdu la tête. Il était sûr que Cyril Roberts allait les tuer tous les deux et se débarrasser de leurs corps, même s'il l'avertissait que les renforts arrivaient.

Les Roberts extirpèrent Jenny du coffre et la couchèrent dans la bruyère.

– Bon, dit Cyril, on la fait rouler jusqu'au bord, on coupe la corde, on enlève le bâillon et on la pousse. OK ?

– OK. Dépêche-toi. Je sens un truc.

Ils se figèrent sur place en entendant une voix cristalline irréelle qui chuchotait dans la bruyère.

– Vous êtes malfaisants et je suis venu vous chercher.

Puis un rire sinistre éclata.

Mary, qui paraissait déjà blême sous la lune, était à présent blanche comme un linge.

– Les fées, murmura-t-elle, la bouche sèche.

– Ressaisis-toi.

Cyril lui prit le fusil et le braqua à droite et à gauche.

– Vous subirez des supplices inimaginables, railla la voix surnaturelle.

Cyril tira vers la droite. Il y eut un silence.

Puis sur la gauche, la voix moqueuse se remit à chuchoter :

– Les balles ne peuvent pas nous atteindre.

Mary s'affaissa contre la voiture et se mit à sangloter de peur. Submergé par la rage et l'angoisse, Cyril était planté, les jambes écartées, au-dessus de Jenny qui était allongée dans la bruyère.

– Libère-la, dit la voix.

Dans sa terreur, Cyril crut qu'elle descendait du ciel. Il se mit à courir dans tous les sens pour voir d'où elle venait.

– Tu vas mourir, le nargua la voix fantomatique.

– Mary, cria Cyril, viens ici, prends-la et qu'on en finisse.

Mary continuait à sangloter en tremblant, les bras serrés autour d'elle.

Quand Cyril alla voir sa femme pour essayer de la relever, Jenny rassembla toutes ses forces et s'écarta du bord de la carrière en se laissant rouler. La pente était forte, et malgré les touffes de bruyère, elle prit peu à peu de la vitesse jusqu'au moment où elle heurta un rocher et perdit connaissance.

Merde, il recharge son fusil. J'aurais dû le choper, se dit Hamish. J'aurais même pu tenter le coup pendant qu'il était avec Mary.

– Va la détacher et retire-lui le bâillon, ordonnait Cyril à sa femme. Elle peut crier tant qu'elle voudra, personne ne l'entendra de là-haut.

– Et les fées ? glapit Mary.

– Ça n'existe pas, les fées. Quand on se sera débarrassés d'elle, je réglerai son compte au petit malin qui s'amuse à nous jouer des tours. Allez, vas-y !

Mary fit le tour de la voiture et poussa un cri.

– Elle a disparu !

– Quoi !

La lune brillait résolument. Cyril rejoignit sa femme et contempla l'endroit où Jenny était couchée quelques instants à peine auparavant. Puis il regarda éperdument autour de lui en braquant le fusil d'un côté puis de l'autre.

– Nous l'avons emmenée et jamais vous ne pourrez la retrouver, gloussa la voix spectrale.

– Ayez pitié de moi, mon Dieu, dit Mary d'une voix éteinte.

Puis elle courut jusqu'au bord de la falaise et se jeta dans le vide.

– Mary ! hurla Cyril.

Il lâcha le fusil et se précipita vers le bord.

Hamish se leva d'un bond et se rua vers lui. Il le saisit, le plaqua au sol et lui passa les menottes. Le mugissement des sirènes retentit au loin.

– Elspeth ! cria-t-il. Où êtes-vous ?

– Plus bas, répondit-elle derrière lui. J'ai retrouvé Jenny. Gardez un œil sur lui, je m'occupe d'elle. Vous allez chercher Mary ?

– Il faut que j'attende les renforts. Si je descends pour essayer de la récupérer, je n'arriverai jamais à nous sortir tous les deux de là.

Hamish mit en garde Cyril, qui pleurait si fort qu'il n'avait pas l'air de l'entendre.

L'agent prit son portable et expliqua qu'il lui fallait des cordes, des plongeurs et une ambulance.

Les voitures de police approchèrent en cahotant, sirènes hurlantes et gyrophares clignotants.

Jimmy Anderson fut le premier à descendre.

– Qu'est-ce qui se passe, Hamish ?

– Voilà Cyril Roberts, qui est coupable d'avoir enlevé Jenny Ogilvie et tenté de l'assassiner. Il est également coupable des autres meurtres. Sa femme, Mary, a sauté dans la carrière. Regardez si vous pouvez faire descendre des hommes. Je n'ai pas de cordes.

– Vous avez de la chance, dit Jimmy. On a avec nous les hommes qui recherchaient le corps de Jenny au pied des falaises, donc ils sont équipés.

Il délaissa Hamish et aboya des ordres.

À la lumière des voitures de police, Hamish vit Elspeth avec Jenny.

– Comment va-t-elle ? demanda-t-il.

– Elle est très faible. N'attendez pas l'ambulance. Il faut trouver quelqu'un pour l'emmener tout de suite à l'hôpital.

– OK !

Hamish demanda à un policier et une policière d'accompagner Jenny à l'hôpital et de rester avec elle.

Une fois que Jenny eut été transportée dans une voiture de police, Hamish dit à Elspeth :

– Vous auriez pu vous faire tuer. Qu'est-ce qui vous a pris de jouer les fées ?

– Il fallait à tout prix les empêcher de la jeter dans la carrière. Et ça a marché.

– Et si Mary Roberts n'avait pas cru aux fées ?

– La plupart des gens d'ici croient aux fées face à un événement troublant. Vous pensez que Mary Roberts va s'en sortir ?

– J'en doute. Je crois qu'elle voulait mourir quand elle a sauté.

On était en train d'embarquer Cyril Roberts dans une voiture de police quand l'inspecteur-chef Blair déboula en vociférant.

Hamish dut lui expliquer en détail comment il en était venu à soupçonner les Roberts. À la fin, Blair lui ordonna :

– Attendez ici de voir s'ils réussissent à sortir Mrs Roberts vivante. De mon côté, je vais à Strathbane pour interroger Cyril Roberts.

– Chef, protesta Hamish, dans la mesure où j'ai résolu cette affaire, il serait normal que j'assiste à l'interrogatoire.

– Restez ici et faites ce qu'on vous dit, rugit Blair, qui cherchait déjà un moyen de tirer la couverture à lui.

– Ne vous en faites pas, Hamish, chuchota Jimmy dès que Blair eut tourné les talons. Si je peux, je passerai demain pour vous faire un compte rendu détaillé de ce qu'a dit Roberts. Et quand votre copine aura bouclé ses articles, tout le monde saura que c'est vous et non pas Blair qui avez résolu le mystère.

Il faisait froid. Hamish attendit patiemment que l'on remonte le corps sans vie de Mary Roberts.

Puis avec lassitude, il alla rejoindre Elspeth qui était dans sa voiture, le moteur en marche et le chauffage à fond.

– Il faut que je retourne au bureau, lui dit-elle quand il lui eut annoncé que Mary Roberts était morte. J'ai un paquet d'articles à envoyer aux grands quotidiens et aux agences de presse.

– Ça ne sera pas fermé ?

– Sam m'a donné les clés.

– Comment vous vous sentez ?

– Pas terrible. J'ai eu très peur.

Hamish la serra contre lui et sans réfléchir, l'embrassa sur la bouche. Puis il s'écarta, le cœur battant la chamade.

– Désolé, lâcha-t-il précipitamment.

– Désolé de quoi ? rétorqua Elspeth avec agacement en s'engageant dans le chemin.

Avant d'aller se coucher, Hamish se mit devant son ordinateur et tapa son rapport. Il était totalement exténué. Il évita soigneusement de mentionner sa visite à Perth. Après avoir fini, il resta là à fixer l'écran, le front soucieux. La seule pièce manquante du puzzle était la raison pour laquelle les Roberts avaient envoyé la vidéo de l'assassinat de Miss Beattie au foyer communal. Ça n'avait aucun sens. Le problème, quand on était confronté à des amateurs, c'est qu'on avait l'impression d'avoir affaire à des fous. C'est pour ça qu'ils étaient si difficiles à attraper. Il s'étira en bâillant. Il n'aurait pas dû embrasser Elspeth. Il était temps qu'il se retrouve une petite amie, mais il valait mieux qu'il la choisisse en dehors du village, à l'écart des mauvaises langues de Lochdubh.

Jenny se remit rapidement de cette épreuve et, malgré les protestations du personnel hospitalier, insista pour que les journalistes soient autorisés à l'interviewer.

Et bien qu'Elspeth ait résolument envoyé une série d'articles vantant la perspicacité avec laquelle Hamish Macbeth avait résolu le mystère, les journalistes n'en tinrent aucun compte. La jolie Jenny avec ses boucles brunes et ses grands yeux marron affirmait avoir découvert toute seule qui étaient les meurtriers.

C'est à peine si elle éprouva une pointe de remords en expliquant comment elle était parvenue à la solution grâce à sa seule intuition féminine. Puis elle fit un récit haut en couleur de son calvaire. Elle ne mentionna pas la « manifestation surnaturelle » d'Elspeth. Jenny avait appris par Mrs Wellington, la femme du pasteur, qui était venue la voir, que Pat Mallone était parti alors même qu'il était au courant de sa disparition. Se sentant rejetée, rabaissée, elle avait décidé de tirer le maximum de gloire de son enlèvement.

Un journaliste qui était moins sensible à son charme que ses confrères lui demanda :

– C'est vrai que vous avez entendu Hamish Macbeth discuter de l'affaire en écoutant aux portes, au poste de police, et que c'est comme ça que vous avez découvert la culpabilité des Roberts ?

Jenny rougit mais répondit :

– J'étais allée voir Hamish, en effet, mais j'ai juste entendu qu'il n'était pas seul et je suis partie. Voyez-vous, j'avais tout compris et je voulais lui en parler. Mais quand je me suis rendu compte qu'il y avait quelqu'un avec lui, j'ai décidé d'enquêter toute seule. C'était bête, je sais, ajouta-t-elle en battant des cils, mais c'était juste une idée comme ça.

# 11

« En hiver, alors que tombait
Une triste pluie oblique
Et que le vent, ce grand harpiste,
Faisait tonner sa harpe de pins. »

Alexander Smith

Le lendemain, Hamish reçut un coup de fil de Priscilla.

– C'est quoi, cette histoire ? lui demanda-t-elle. Jenny est à la une de tous les journaux et raconte qu'elle a résolu les meurtres.

– Elle écoutait à la porte de la cuisine pendant que je parlais de l'affaire avec Elspeth. C'est comme ça qu'elle a tout appris.

– Elspeth ? Ah oui, la petite journaliste. C'est ta dernière conquête ?

– Elspeth Grant est une amie et elle m'a beaucoup aidé.

Il y eut un silence, puis Priscilla ajouta :

– En ce cas, Elspeth ne peut pas rectifier le tir ?

– Maintenant que les journaux tiennent leur héroïne, ils ne vont pas changer leur fusil d'épaule et admettre qu'en réalité c'était un banal flic des Highlands. Tu comptes venir bientôt ?

– Je pensais venir voir Jenny, mais j'ai changé d'avis, je suis furieuse contre elle. Elle n'aurait pas dû te ravir le succès.

– Oh, elle m'a probablement rendu service. Dès que j'obtiens le moindre résultat, Peter Daviot parle de me faire muter à Strathbane.

– Mais il sait sûrement que c'est toi qui as résolu les meurtres, non ?

– *Aye*, mais il est tributaire des médias. La seule chose qui l'intéresse, c'est ce que disent les journaux. Sans compter que Blair a très certainement confirmé le récit de Jenny pour minimiser mon rôle.

– Les parents de Jenny m'ont appelée aujourd'hui, dit Priscilla. Ils sont en route vers le nord pour la ramener chez eux. Tu devrais en être débarrassé rapidement.

Hamish avait envie de lui demander où elle en était de ses amours et si elle allait bientôt se marier, mais il redoutait la réponse. Il se contenta donc de lui parler des gens du coin, de Lugs, dont il allait devoir regagner l'affection, car il avait passé tellement de temps avec Angela qu'il préférait aller chez elle, de son soulagement de retrouver une vie plus tranquille.

– Pourquoi les Roberts ont fait ça ? demanda Priscilla.

– Parce que Penny n'était pas leur fille.

– Je sais, mais de là à commettre deux meurtres !

– Je te tiens au courant dès que j'en sais plus, promit Hamish. Jimmy doit passer pour me montrer la transcription de l'interrogatoire.

Quand elle eut raccroché, Hamish alla nourrir ses poules et jeter un œil à ses moutons. Il faisait froid et humide et le vent avait viré au nord-est. L'interminable hiver des Highlands hurlait sur le seuil.

En présentant de fausses références, Pat Mallone avait réussi à se faire engager comme journaliste débutant au *Dublin Mercury*. En allant travailler, il s'arrêta pour acheter des cigarettes, une habitude qu'il avait prise après avoir fui les Highlands. Il avait beau être sûr que la police écossaise ne prendrait pas la peine de demander son extradition pour des infractions aussi mineures, il était mal à l'aise. Le marchand vendait des journaux britanniques et sur toutes les unes s'étalait le visage souriant de Jenny. Il en acheta plusieurs et après avoir également pris ses cigarettes, sortit dans Grafton Street et éplucha les articles.

Si seulement il était resté, songea-t-il amèrement, cette célébrité n'aurait pas manqué de rejaillir sur lui. Évidemment, rien de tout cela n'était de sa faute. Il avait simplement joué de malchance.

Au bout de deux jours, Hamish commençait à se dire que Jimmy l'avait oublié quand celui-ci débarqua un soir, une bouteille de whisky à la main.

– Entrez, l'invita Hamish. Ça ne vous ressemble pas de fournir le whisky.

– J'estime que vous le méritez, mon gars. J'en avais marre de Braikie. Comment vous faites pour vivre dans un trou pareil ? Ça me dépasse.

Comme en réponse, le vent se mit à tournoyer autour du poste de police en hurlant à la mort.

– Asseyez-vous, lança Hamish en posant deux verres sur la table de la cuisine. Alors, Cyril Roberts est passé aux aveux ?

– *Aye*, dit Jimmy en versant un double whisky pour lui et un simple pour Hamish.

Il sortit plusieurs feuilles de la poche de sa veste.

– Lisez ça.

Hamish étala les feuilles et commença à lire.

« Amy Beattie, a déclaré Cyril Roberts, est venue travailler chez nous comme femme de ménage il y a seize ans. Un jour, ma femme Mary l'a trouvée en pleurs dans la cuisine et lui a demandé ce qui se passait. Amy lui a dit qu'elle était enceinte. Elle a dit qu'une fois qu'elle aurait accouché, elle confierait l'enfant à l'adoption. Mary et moi, on ne pouvait pas avoir d'enfant. On avait toujours voulu en avoir. On avait pensé à l'adoption, mais les organismes d'adoption font tellement de difficultés. Alors quand Mary me l'a dit, on a échafaudé un plan. On a une maison de vacances du côté de Caithness, au nord de Helmsdale. Amy irait s'y installer peu de temps avant la date prévue de l'accouchement. De son côté, Mary dirait à tout le monde qu'elle était enceinte. Et quand Amy devrait accoucher, on irait là-bas. Mary était infirmière, elle l'aiderait à mettre l'enfant au monde. Et en rentrant, elle dirait que c'était le nôtre.

« On adorait Penny. Vous l'avez vue ? Quelle beauté, hein ? Amy avait commencé une nouvelle vie. On lui avait donné une grosse somme et elle avait acheté la poste. On avait hérité de beaucoup d'argent à la mort de la mère de Mary. Mary l'avait poussée dans l'escalier. »

– Je me rappelle, observa Hamish, que Mary avait dit que sa mère était atteinte de la maladie d'Alzheimer et qu'elle était morte une semaine avant qu'elle n'épouse Cyril.

Il poursuivit sa lecture.

« Et puis un jour, Amy Beattie a débarqué. Elle voulait que Penny sache qui était sa vraie mère. Pour nous, c'était hors de question. On l'a menacée et on a cru que ça suffirait à la faire taire. Mais elle est allée voir Miss McAndrew. Miss McAndrew voulait à tout prix que Penny aille à l'université, alors que notre fille voulait entrer à la télévision. Elle nous a avertis qu'on avait intérêt à s'assurer qu'elle allait bien à la fac, autrement, elle raconterait à tout Braikie que Penny n'était pas notre fille. Et puis la lettre anonyme est arrivée, elle était adressée à Penny. Ce matin-là, le courrier avait du retard et Penny était déjà partie en cours quand la lettre est arrivée. On l'a ouverte, et quand on l'a lue, on a tout de suite su qu'elle venait de Miss McAndrew.

« Mary a dit que personne ne nous enlèverait notre fille adorée. On a expliqué à Amy qu'elle pouvait dire la vérité à Penny, mais qu'avant, on voulait en discuter. On est allés chez elle. Mary a mis une forte de dose de somnifère dans son thé, et quand elle a été inconsciente, on l'a pendue et on a laissé la lettre anonyme, sachant que Miss McAndrew le verrait dans les journaux et que ça lui servirait d'avertissement. Pour plus de sûreté, on a fait une petite vidéo et on la lui a envoyée pour enfoncer le clou. Non, je ne sais pas qui l'a envoyée au foyer communal. On pensait que c'était réglé. Et puis Miss McAndrew a téléphoné peu après, en disant qu'elle était tourmentée par sa conscience. Elle allait devoir tout raconter à la police. Il était tard, Mary a dit qu'elle n'irait pas voir la police ce soir-là et qu'il fallait la faire taire. Moi, je lui ai répondu qu'on n'allait pas commettre un autre meurtre, et Mary m'a prévenu qu'elle me tuerait si je ne l'aidais pas. Elle m'a juré qu'elle le ferait. Penny avait les clés de chez Miss McAndrew. J'ai supplié Mary de ne pas le faire, de se contenter de lui faire peur, et elle a fini par accepter. On est entrés, on est montés dans sa chambre sur la pointe des pieds et c'est alors que Mary a sorti un couteau et l'a poignardée en s'acharnant sur elle.

« On a cru pendant un moment qu'on s'en était tirés. On a même repris une vie normale. On adore Penny. Et c'est là que cette fille a débarqué. Jenny. Mary l'a assommée. Franchement on aurait pu s'en sortir en racontant des salades, parce qu'en fait, elle ne savait rien. J'aurais préféré, mais bon, c'était fait et on l'a enfermée dans un placard, ligotée et bâillonnée. Je me suis débarrassé de la voiture. Si seulement je l'avais mise dedans. Ça a été une grosse erreur. La seule solution qui nous restait, c'était la carrière.

Hamish leva les yeux.

– Ça n'a aucun sens.

– Quoi donc ? demanda Jimmy.

– Qu'un couple de Highlanders parfaitement respectable en arrive à une violence pareille.

– Ah, mais c'est là que vous vous trompez. Vous ne savez pas tout, Sherlock.

– Quoi ?

– Mary Roberts a été internée dans sa jeunesse pour psychopathie. Quant à Cyril Roberts, il était dans les Royal Marines, il a passé un bon bout de temps au bloc et a fini par être révoqué pour cause d'indignité après avoir presque tabassé à mort un officier.

– On n'avait pas pensé à éplucher leur passé, se lamenta Hamish. Et Penny ? Comment elle réagit ?

– Aux dernières nouvelles, elle s'apprêtait à vendre son histoire au *Sun*. Elle entrera peut-être à la télévision, finalement.

– Et la vidéo qui a été montrée à la soirée cinéma du foyer communal ? Ça m'intrigue. Personne d'autre n'était au courant, d'après Roberts ?

– Non. Il dit qu'il a eu peur et qu'il n'a pas compris parce que ça ne pouvait pas être Miss McAndrew, vu qu'elle était morte.

– C'est une question qui reste en suspens, et je n'aime pas ça. Mollo sur le whisky, Jimmy. Je ne devrais pas vous laisser reprendre le volant.

– Ça ira, ne vous en faites pas.

Hamish se pencha de nouveau sur la déposition.

– Je vois que Cyril Roberts ne parle pas des fées.

– Quels faits ?

– Non, les fées. Vous me promettez que ça restera entre nous ?

– Allez-y. Vous me connaissez. Je ne répète jamais ce que vous me dites, parce qu'à tous les coups, ça reviendrait aux oreilles de Blair, qui piquerait une gueulante, et franchement, j'en ai ma claque des colères de cet abruti.

– Il boit toujours autant ?

– Comme un trou. Il descend le whisky comme si c'était de l'eau.

– Il doit avoir un foie en béton, à l'heure qu'il est. Vous savez pourquoi il n'y a pas plus de gens qui arrêtent de boire ?

– Non, pourquoi ?

– Parce qu'ils n'ont pas le foie à l'extérieur. Si tout le monde avait le foie sur le front, mettons, à la vue de tous, les gens diraient : « Holà, mon gars, t'as le foie bien clouté », et ils auraient tellement honte qu'ils feraient quelque chose.

– Je suis content d'avoir le foie bien au chaud à l'intérieur, avec les bottes, les clous et tout. Qu'alliez-vous me dire ?

– Elspeth a fait tellement peur à Mary qu'elle a sauté dans la carrière. Elle a pris une voix spectrale et les a tourmentés. Mary a cru que c'étaient les fées et elle a eu si peur qu'elle a perdu la tête. Si Elspeth n'avait pas fait ça, je n'aurais peut-être pas réussi à arrêter Roberts. Il avait un fusil et il n'aurait pas hésité à s'en servir.

– Jolie fille, Elspeth. Vous l'avez déjà sautée ?

– Surveillez votre langage, Jimmy.

– Moi, c'est le niveau du whisky que je surveille, répliqua l'inspecteur en se resservant. Roberts rejette toute la responsabilité sur sa femme. Mais je vais vous dire, il y a quelque chose qui est apparu durant l'interrogatoire…

– Quoi ?

– Cyril Roberts était amoureux de Penny. La femme, elle, était juste fascinée par la beauté de sa fille. Mais chez Roberts, c'était une véritable obsession. Il était fou d'elle. Je pense que c'est lui qui a poignardé Miss McAndrew. Et je pense aussi que tôt ou tard, il se serait débarrassé de sa femme pour avoir Penny à lui tout seul. Je suis allé la voir. C'est une petite maligne. Je pensais qu'elle serait dévastée, mais elle est visiblement ravie de cette célébrité.

– De toute façon, Roberts ne sortira pas de prison de sitôt. Il ne la reverra jamais.

– Il ne le sait pas. Ce cinglé pense qu'elle viendra lui rendre visite au parloir. La pauvre. Elle sera encore là, quand il sortira. Elle a intérêt à changer de nom et disparaître.

– C'est triste, soupira Hamish. Amy Beattie méritait mieux de la part de sa fille.

Quelques semaines plus tard, Hamish rentra au poste après sa ronde. Il vit Elspeth entrer dans les locaux du journal et détourna la tête. Il savait qu'il l'évitait depuis quelque temps et s'en voulait. Il lui devait beaucoup, mais le souvenir du baiser et les émotions qu'il avait fait naître en lui l'effrayaient. Il ne voulait pas s'engager dans une nouvelle histoire, et encore moins à Lochdubh.

Il gara la Land Rover de la police et descendit. La pluie fouettait le loch, couchée par le vent qui hurlait. Une silhouette menue était blottie dans l'embrasure de la porte.

– Je peux vous aider ? demanda-t-il.

– Je suis venue avouer quelque chose, dit une voix féminine.

– Entrez.

Il ouvrit la porte, alluma la lumière et se retourna vers la visiteuse. Il ne la reconnut pas tout de suite, puis s'aperçut avec étonnement que c'était Jessie Briggs.

Elle avait les cheveux coupés court et d'un beau

brun naturel. Elle était vêtue d'un élégant tailleur en tweed sous un imperméable écru.

– Enlevez votre imperméable et asseyez-vous, proposa Hamish. Avouer quoi ? Mais avant toute chose, vous voulez un thé ?

– Je veux bien, oui.

– Je vais mettre l'eau à chauffer. Il fait froid, ici. Laissez-moi allumer le poêle.

Il souleva le couvercle du fourneau et fit tomber les cendres. Il jeta un allume-feu, du petit bois, et quand le tout s'enflamma, ajouta plusieurs morceaux de tourbe. Puis il posa la bouilloire sur le poêle et s'assit à la table en face d'elle.

– Bon. Je suis prêt. Qu'est-ce qu'il y a ?

– La vidéo, commença Jessie d'une voix tremblante. C'était moi.

– *Och*, Jessie. Ne me dites pas que vous êtes mêlée à ces meurtres épouvantables.

– Non, c'est juste que Miss McAndrew est passée me voir juste après le meurtre de Miss Beattie. Elle avait l'air bouleversée. Elle m'a donné la vidéo en me disant qu'il fallait la déposer au foyer communal. Je lui ai demandé pourquoi elle ne s'en chargeait pas elle-même et elle m'a juste dit qu'elle n'aimait pas Blakey, mais qu'elle voulait qu'on vienne en aide aux personnes âgées. Quand elle est partie, ça m'est sorti de la tête. Il faut dire que j'étais bourrée les trois quarts du temps. Je m'en suis souvenue quand on l'a retrouvée morte et je me suis sentie obligée de faire ce qu'elle m'avait demandé. Je suis allée la déposer dans la boîte aux lettres. Et quand j'ai appris ce qu'elle contenait, j'ai préféré ne rien dire à la police, des fois qu'on pense que j'avais quelque chose à voir avec les meurtres.

– Elle devait avoir peur, dit Hamish. Elle espérait peut-être que la vidéo nous mettrait sur la piste, à moins qu'elle n'ait voulu prévenir les Roberts qu'elle refusait de se laisser intimider. Et qu'est-ce qui vous a poussée à venir me voir maintenant ?

– Je vais aux réunions des Alcooliques anonymes depuis quelque temps et j'ai fini par leur confier l'histoire de la vidéo. Ils m'ont dit qu'il valait mieux que je vous en parle, que je me sentirais mieux après. Vous allez m'inculper ?

– Non. Mon patron piquerait probablement un coup de gueule en vous accusant d'entrave à l'enquête, et je suis tellement content d'entendre que vous avez arrêté de boire que je ne veux pas prendre le risque de vous voir replonger. Comment ça va ?

– Bien. Je travaille à mi-temps.

– Où ça ?

– À la boutique de souvenirs de Braikie. Dans le groupe, il y a une maman qui a trois enfants en bas âge et elle m'a proposé de s'occuper du petit l'après-midi.

La bouilloire siffla et Hamish se leva pour faire le thé.

– Comment va Penny ? demanda Jessie après avoir bu une gorgée, refusant le shortbread que lui proposait Hamish.

– Aux dernières nouvelles, elle était chez sa tante, à Lochinver.

– Elle doit être au trente-sixième dessous.

– Pas vraiment, non. Vous avez vu ce qu'elle raconte dans le *Sun* ?

– Non, je n'ai pas vu.

– Elle traîne les Roberts dans la boue et dit qu'elle a toujours eu peur d'eux, ce qui est faux, car ils ont beau être des meurtriers, ils l'aimaient plus que tout.

Après le départ de Jessie, Hamish se décida à appeler Elspeth pour lui dire que le mystère de la vidéo était résolu. C'était puéril de sa part de l'éviter. Il décrocha le téléphone. Il n'était que dix-sept heures, bien qu'il fasse nuit noire. Elle devait encore être au journal. La ligne était occupée. Sur l'instant, il fut soulagé puis il se maudit d'être aussi lâche et rappela.

– Hamish, répondit froidement Elspeth. Quelle surprise. Qu'est-ce que je peux faire pour vous ?

– Je suis désolé de ne pas vous avoir contactée plus tôt, dit Hamish, mais j'étais très occupé.

– Ah oui ? Votre secteur est infesté de crimes qui m'auraient échappé ?

– Rien qui puisse intéresser les médias, mais un tas de petites choses agaçantes.

– Comme de m'éviter ?

– Arrêtez, Elspeth. Soyons amis.

Il y eut un long silence, puis Elspeth répliqua :

– Invitez-moi à dîner chez l'italien. J'y serai à huit heures.

– Parfait, alors à tout à l'heure, acquiesça Hamish avant de raccrocher.

En se préparant avant le dîner, Hamish s'aperçut qu'il était fébrile et impatient. Les visites et la compagnie d'Elspeth lui avaient manqué.

À huit heures moins dix, il enfila son ciré. Lugs poussa un long gémissement. Hamish regarda son chien.

– Bon, d'accord, tu peux venir, lui lança-t-il.

En emmenant Lugs avec lui, se disait-il, il était sûr que la soirée resterait purement amicale.

La soirée commença mal. Elspeth portait un haut en soie bleue, une veste blanche et une jupe marine. Lugs, qui avait pris la pluie sur le chemin du restaurant, mouilla Elspeth en s'ébrouant puis posa ses pattes crottées sur sa jupe en la fixant d'un air accusateur.

Heureusement, Willie la tornade blanche s'empressa de nettoyer la boue avec un nouveau détachant puis emmena Lugs à la cuisine pour le sécher avec une serviette.

Puis le serveur réapparut pour leur donner les cartes.

– Où est passé mon chien ? demanda Hamish.

– On lui donne des pâtes, à ce toutou. Il aime bien ça, les pâtes.

– Pas trop, surtout, lui recommanda Hamish. Il est déjà trop gros.

Hamish raconta à Elspeth comment la vidéo était parvenue au foyer communal.

– Surtout, pas un mot dans le journal.

– Je suis contente que Jessie se reprenne en main. Vous avez eu des nouvelles de Jenny ?

– Non. Mais Priscilla m'a appelé hier. Elle devait voir Jenny le soir. Elle m'a dit qu'elle l'avait évitée quelque temps parce qu'elle n'avait pas apprécié qu'elle ait tiré la couverture à elle en prétendant avoir résolu l'affaire toute seule.

– Jenny va revenir pour le procès et elle en profitera de nouveau pour se faire mousser. Sam m'a dit que Pat travaillait dans un journal à Dublin. Il a dû se fabriquer une fausse référence.

– Connaissant le lascar, il a dû s'en fabriquer plusieurs.

Hamish commanda une bouteille de vin et rapporta à Elspeth les aveux de Cyril Roberts, puis se retrouva à en commander une seconde. Il se sentait bien et détendu.

– Qu'a donné l'appel que vous avez lancé dans le journal pour venir en aide au club du troisième âge ? demanda Hamish.

– Ça va être annoncé dans la prochaine édition. L'argent de la loterie va être attribué à Mr Blakey pour lui permettre d'acheter du matériel de cinéma.

– C'est formidable, dit Hamish en la dévisageant.

Vous avez le regard un peu soucieux, Elspeth. Il y a quelque chose qui vous tracasse.

Oui, songea Elspeth. Une offre du *Daily Bugle*. Mais je n'ai pas encore pris ma décision. Ça dépend...

La veille au soir, Jenny s'était retrouvée une fois de plus dans le bel appartement de Priscilla.

– J'ai cru que tu ne me reparlerais plus jamais, dit Jenny.

– J'étais furieuse que tu te sois attribué le mérite qui revenait à Hamish.

– Mais c'est faux ! protesta Jenny. J'avais deviné toute seule.

– Hamish dit que tu écoutais aux portes pendant qu'il discutait de l'affaire avec Elspeth.

Jenny rougit mais répliqua avec indignation :

– Ce n'est pas vrai !

– Comme tu voudras. Hamish est amoureux de cette Elspeth ?

– Pas vraiment. Ils ont l'air d'être simplement amis. En fait, ajouta Jenny en secouant ses boucles sombres, Hamish craquait pour moi.

– Ce n'est pas l'impression que j'ai eue quand je l'ai appelé ce matin.

– Ah bon, tu lui as parlé ? bafouilla Jenny avant de se reprendre. Il ne voulait sans doute pas te le dire pour ne pas te blesser.

– Pourquoi veux-tu que ça me blesse ? Hamish et moi, c'est de l'histoire ancienne.

– Pourtant, tu n'arrêtes pas de parler de lui. Tu en parles même plus que de ton fiancé.
– Ne sois pas ridicule. Bon, on mange ?

De bonne heure, le lendemain matin, Priscilla était devant son ordinateur à la City, le regard absent, indifférent aux chiffres qui étaient à l'écran. Lochdubh lui manquait soudain. Elle n'était plus très sûre de vouloir se marier. C'est juste le stress, se disait-elle. Mais elle était obnubilée par l'idée de rentrer. Elle se leva, alla voir son patron et lui expliqua qu'elle venait de recevoir un coup de téléphone lui disant que sa mère était malade. L'excuse fonctionna et elle fut libre de partir.
Si je prends la route maintenant, je peux y être avant minuit, se dit-elle.

Hamish et Elspeth achevèrent le repas par un brandy bien tassé. Quand ils quittèrent le restaurant, accompagnés d'un chien gavé de pâtes qui se dandinait derrière eux comme un marin ivre, ils se dirigèrent sans réfléchir vers le poste de police. Elspeth chancelait sur ses talons hauts et Hamish enroula son bras autour de ses épaules. L'alcool chantait dans ses veines et il la serra contre lui.
Il ouvrit la porte de la cuisine et alluma la lumière. Ils restèrent un moment face à face à se regarder, pendant que Lugs allait s'affaler en bâillant au pied du poêle.
Puis Elspeth tendit les bras. Une petite sonnette

d'alarme se déclencha dans le cerveau de Hamish, mais il n'en tint pas compte. Il la prit dans ses bras, embrassa ses lèvres mouillées par la pluie, puis ils titubèrent en direction de la chambre, en retirant leurs vêtements au fur et à mesure.

À un moment, Hamish entendit vaguement le téléphone sonner dans le bureau, mais il l'ignora.

Priscilla rangea son portable. Elle avait appelé le poste de police depuis le Tommel Castle Hotel. Pourquoi Hamish ne répondait-il pas ? Puis elle sourit en repensant à toutes les fois où ce fainéant ne prenait pas la peine de décrocher le téléphone. Il disait toujours qu'en cas d'urgence, il entendait le répondeur. Elle pensa laisser un message, puis malgré la fatigue, elle décida soudain de lui faire la surprise.

Elle se lava et se remaquilla. Elle sortit, prit sa voiture et descendit à Lochdubh. Il faisait un temps exécrable. Comment avait-elle pu oublier aussi vite la rigueur des hivers au nord des Highlands ? Une pluie battante fouettait le pare-brise et la voiture était secouée par des rafales de vent.

Priscilla longeait le quai quand l'imposante silhouette de Mrs Wellington, la femme du pasteur, surgit soudain devant la voiture en agitant les bras. Priscilla s'arrêta et baissa la vitre.

– Mais qu'est-ce qui vous prend, Mrs Wellington ? J'aurais pu vous écraser.

– J'ai reconnu votre voiture, haleta la femme du

pasteur, la pluie ruisselant en cascade du parapluie de golf qu'elle tenait au-dessus de sa tête. Et j'étais tellement contente de vous voir, mon petit. Venez au presbytère bavarder un peu.

– Il est trop tard, dit Priscilla. Je passerai chez vous demain. Je vais faire un saut chez Hamish.

– Vous ne le trouverez pas. Il a été appelé à Drim. Il y a eu un cambriolage là-bas.

Priscilla regarda au bout du quai. À travers le rideau de pluie, elle voyait que la Land Rover de la police était garée devant le poste et la lumière allumée dans la cuisine.

Elle embraya.

– Je vois qu'il est de retour. À demain.

Priscilla démarra, mais à peine quelques mètres plus loin, elle fut de nouveau obligée de piler sec. Les sœurs Currie étaient plantées au beau milieu de la chaussée.

Priscilla klaxonna rageusement.

Les sœurs jumelles firent le tour de la voiture et toquèrent à sa vitre.

– Qu'est-ce qu'il y a ? demanda Priscilla en baissant de nouveau celle-ci.

La pluie dégoulinait de leur couvre-chef en plastique et tombait sur leurs grosses lunettes.

– Nous étions tellement contentes d'apprendre que vous étiez de retour, répondit Jessie, que j'ai dit à Nessie, il faut l'inviter à prendre le thé, le thé.

– Je vais voir Hamish.

– Oh, je ne le dérangerais pas à une heure pareille.

– Il y a de la lumière dans la cuisine, répondit patiemment Priscilla, donc il est réveillé.

– Oh, je ne m'y fierais pas, je ne m'y fierais pas, dit Jessie. Ça lui arrive d'oublier de l'éteindre, de l'éteindre.

– À demain, mesdames, trancha sèchement Priscilla.

Elle alla au poste de police, se gara et descendit de voiture. Elle se dirigeait vers la porte de la cuisine, quand on l'interpella.

– Miss Halburton-Smythe !

Priscilla se retourna. C'était Archie Macleod, le pêcheur.

– J'ai du beau poisson. Passez donc à la maison, je vais vous en donner.

– Mais qu'est-ce qui vous prend tous, ce soir ? demanda Priscilla, perplexe. Je vais juste faire un petit coucou à Hamish et je rentre me coucher.

– Je ferais pas ça, si j'étais vous.

– Pourquoi donc ?

– Je le ferais pas, c'est tout, marmonna Archie en battant en retraite.

Priscilla haussa les épaules et alla à la porte de la cuisine. Elle n'était pas fermée. Elle la poussa et entra. Lugs s'approcha d'elle en remuant le ridicule panache de sa queue en signe de bienvenue.

Elle se pencha pour le caresser et c'est alors qu'elle vit par terre une chemise, et à côté, un haut et une veste.

Priscilla se redressa lentement et écarquilla les yeux. Une file de vêtements jetés à la hâte menait droit à la chambre.

Soudain, elle se sentit bête et triste. Le téléphone sonna dans le poste de police, puis le répondeur s'enclencha.

– Hamish Macbeth, lança la voix tonitruante de Mrs Wellington, si vous êtes en train de faire ce que je crois, vous feriez bien de fermer les portes à clé. Miss Halburton-Smythe est devant chez vous.

Le téléphone sonna de nouveau. Priscilla attendit, figée sur place. Le répondeur s'enclencha de nouveau.

– *Och*, Hamish, fit la voix d'Archie. C'est probablement trop tard, mais votre Priscilla est au poste.

Priscilla tourna les talons et sortit du poste en refermant doucement la porte derrière elle.

Elle remonta péniblement en voiture, comme si elle souffrait de rhumatismes. Puis elle repartit le long du quai sous le regard attristé des villageois qui l'observaient derrière les rideaux.

DU MÊME AUTEUR

AUX ÉDITIONS ALBIN MICHEL

*Les enquêtes de Hamish Macbeth*

1. QUI PREND LA MOUCHE
2. QUI VA À LA CHASSE
3. QUI S'Y FROTTE S'Y PIQUE
4. QUI A UNE TAILLE DE GUÊPE
5. QUI FRANCHIT LA LIGNE JAUNE
6. QUI SÈME LE VENT
7. RIRA BIEN QUI RIRA LE DERNIER
8. LES FLÈCHES DE CUPIDON
9. PETITS CRIMES ENTRE VOISINS
10. BOURREAU DES CŒURS
11. LA PAIX DES MÉNAGES
12. BRAS DE FER
13. DENT POUR DENT
14. SOUS LE FEU DES PROJECTEURS
15. EAUX TROUBLES
16. MÉNAGE DE PRINTEMPS
17. LA RANÇON DE LA GLOIRE
18. UNE RETRAITE EN OR
19. LETTRES FATALES
20. ÉCRIRE OU MOURIR

*Agatha Raisin enquête*

1. LA QUICHE FATALE
2. REMÈDE DE CHEVAL
3. PAS DE POT POUR LA JARDINIÈRE
4. RANDONNÉE MORTELLE
5. POUR LE MEILLEUR ET POUR LE PIRE
6. VACANCES TOUS RISQUES
7. À LA CLAIRE FONTAINE
8. COIFFEUR POUR DAMES
9. SALE TEMPS POUR LES SORCIÈRES
10. PANIQUE AU MANOIR
11. L'ENFER DE L'AMOUR
12. CRIME ET DÉLUGE
13. CHANTAGE AU PRESBYTÈRE
14. GARE AUX FANTÔMES
15. BAL FATAL
16. JAMAIS DEUX SANS TROIS
17. CACHE-CACHE À L'HÔTEL
18. UN NOËL PRESQUE PARFAIT
19. LA KERMESSE FATALE
20. VOICI VENIR LA MARIÉE
21. TROUBLE-FÊTE
22. DU LARD OU DU COCHON
23. SERPENT ET SÉDUCTION

24. GARE AUX EMPOISONNEUSES
25. AU THÉÂTRE CE SOIR
26. SECRETS SUR CANAPÉ
27. LES PISSENLITS PAR LA RACINE
28. CHASSE AUX SORCIÈRES
29. SONNENT LES CLOCHES !
30. BONNET D'ÂNE !
31. AU GALOP !
32. CUL SEC !
33. LE DIABLE AU CORPS

*Les enquêtes de lady Rose*

1. MEURTRE ET SÉDUCTION
2. SOUPÇONS ET PRÉJUGÉS
3. RAISON ET CHÂTIMENTS
4. PASSIONS ET TRAHISONS

*Les chroniques de Bond Street*

Tome 1

LADY FORTESCUE À LA RESCOUSSE

MISS TONKS PREND SON ENVOL

Tome 2

LA DISGRÂCE DE MRS BUDLEY

SIR PHILIP PERD LA TÊTE

Tome 3

COLONEL SANDHURST À LA RESCOUSSE

LA DERNIÈRE SAISON

*La Saison des débutantes*

1. FELICITY L'INTRÉPIDE
2. FIONA LA REBELLE
3. DELILAH LA ROMANTIQUE
4. CLARISSA L'ÉTOURDIE

*Composition : Nord Compo*
*Impression : CPI Firmin Didot en septembre 2023*
*Éditions Albin Michel*
*22, rue Huyghens, 75014 Paris*
*www.albin-michel.fr*
*ISBN : 978-2-226-46018-9*
*N° d'édition : 24406/01. N° d'impression : 175564*
*Dépôt légal : octobre 2023*
*Imprimé en France*